Paul Martin

archi-secrètes

Les enquêtes de Brumm & Irving

Le dossier O.B.S.C.U.R.

bayard jeunesse

Ce livre a reçu une bourse d'aide à l'écriture
de la région Hauts-de-France.

Couverture : Antonin Faure

© Images :
p. 11 © Alexander Pokusay, p. 23 © artbalitskiy,
p. 34 © NOCTURNAL WOLF, p. 48 ©Valentina,
p. 67 © antiqueimages, p. 120 © Good Studio, p. 153 © Soaps

ISBN : 979-1-0363-4245-5
Dépôt légal : septembre 2023
Loi n° 49-956 du 16 juillet 1949
sur les publications destinées à la jeunesse.

Paul Martin

archi-secrètes

Les enquêtes de Brumm & Irving

Le dossier O.B.S.C.U.R.

bayard jeunesse

S.M.A.C.K.

Service Mondial d'Anquête Contre le Krime

Agent n° 0054

Prénom : Benjamin

Nom : Brumm

Âge : 11 ans

Type : jeune humain

Taille : 1,32 m

Poids : 27 kilos

Spécialités : conception de Plans Audacieux ; fabrication d'Équipement Astucieux

Faiblesses : incapable de mener à bien toute mission sportive

Signe particulier : ébouriffé

Agent n° 0081

Prénom : Irving
Âge : 6 ans (?)
Type : Pluche (Ours)
Taille : 1,61 m
Poids : 83 kilos
Spécialités : poésie, dessin
Faiblesses : gourmandise, timidité, paresse

Agent n° 0027

Prénom : Amanda
Nom : Asinov
Âge : 13 ans
Type : jeune humaine
Taille : 1,28 m
Poids : 29 kilos
Spécialités : Supervision, planification, stratégie, rêverie
Faiblesses : n'est pas là
Signe particulier : assortit son T-shirt à son humeur

Prologue

Le 21 août

Benjamin Brumm ne trouvait pas le sommeil. Ce n'était pas à cause de la chaleur de cette fin d'été, ni du fond musical diffusé dans le jardin par les Pop-cigales : les insectes avaient été programmés pour jouer une mélodie douce et répétitive, propice au repos.

Malgré leur chant apaisant qui lui parvenait par sa fenêtre ouverte, le garçon repensait à tout ce qu'il avait vécu dans les semaines passées. Depuis son lit, il scrutait le ciel nocturne, si pur, avec l'espoir d'y apercevoir une étoile filante.

– J'ai tant de vœux à faire que c'est une escadrille qu'il me faudrait ! se dit-il en soupirant. Pour commencer, je voudrais qu'on n'ait jamais eu besoin de s'enfuir d'ici, la ferme du Peskio… Je voudrais qu'on ait juste continué nos vacances avec Amanda… Je voudrais que les Pluches n'aient jamais existé ! Ah, non, sauf Irving, évidemment…

Pour la première fois de sa courte vie, l'existence des Pluches lui paraissait étrange. Ces animaux améliorés avaient été créés vingt ans plus tôt, et ils étaient aujourd'hui indispensables : ils rendaient toute sorte de services, du repassage des chaussettes à la livraison de messages dans le monde entier, sans parler des mille jeux et distractions qu'ils proposaient. Même Irving, son meilleur ami, était un Pluche – un Pluche très spécial, c'est vrai !

C'est grâce aux recherches scientifiques de ses propres parents que ces animaux au service des hommes, avaient vu le jour. Benjamin se demanda si tout ce qui lui arrivait aujourd'hui n'était pas une malédiction frappant sa famille pour la punir d'avoir inventé ces créatures.

Le crissement des Pop-cigales fut soudain recouvert par un ronflement sonore.
– Irving aurait pu fermer la fenêtre de sa chambre ! Cet ours a une respiration de cor de chasse !
Une étoile filante traversa soudain le ciel, brève étincelle déchirant l'obscurité en un trait doré.
– Un vœu ! se dit Benjamin Brumm.
Et, sans réfléchir, il murmura :
– Faites que je ne sois plus jamais séparé d'Amanda !
Il tourna la tête sur l'oreiller, et aperçut les dizaines de feuilles disséminées sur le sol. Ses rapports, qu'il avait tous relus avant de se coucher. Demain, il les classerait, en espérant y trouver un indice pour achever sa mission. Demain…

Un mois plus tôt...

Rapport de mission n° 0001

Objet : Premier rapport

De : Benjamin Brumm (agent n° 0054)
et Irving (agent n° 0081)
À : Amanda Asinov (agent n° 0027),
officier de référence

Rapport tapé à : Nordburg
Date : 26 juillet
Confidentialité : Rien que pour vos beaux yeux

Chère agente n° 0027

Irving et moi, nous sommes bien arrivés à Nordburg.
Ceci est mon tout premier rapport de mission, alors j'espère que vous serez indulgente car je ne suis pas très sûr de la façon dont on doit écrire un rapport de mission. L'agent n° 0081 (Irving) n'a pas tellement l'air de savoir non plus. Depuis une demi-heure, il mange des tartines au miel, et quand je lui ai demandé de m'aider à rédiger ce texte, il a juste réussi à faire une tache poisseuse sur la couverture du dossier.

Bon, je ferais mieux de tout reprendre au début. Je rappelle les circonstances de notre fuite afin que ce rapport soit complet.

Date : Dans la nuit du 25 au 26 juillet
Lieu : Ferme à Pluches du « Peskio »

J'étais chez vos parents, où vous m'aviez invité à passer la fin des vacances d'été. Je dormais dans une petite bâtisse à l'écart de la maison principale.

C'est dans cette maisonnette qu'habite votre Pluche, l'ours Irving (et agent numéro 0081). Vers 4 heures du matin, j'ai été réveillé par du bruit provenant de sa chambre : des cris, jappements et aboiements.
Pas un instant à perdre ! J'ai enfilé ma robe de chambre, mis mes chaussons, et je me suis précipité à son secours. L'ours était encerclé par une meute de Chiens-Pluches – j'ai aussitôt reconnu des « Bontoutous », ces Pluches utilisés comme gardiens, et qui ont la réputation d'être anormalement agressifs.
Certains étaient des Cockers ou des Caniches, qui sautillaient dans tous les sens comme des jeunes chiots. L'un d'entre eux courait même en rond après sa queue. Mais quelques-uns, plus gros et plus hargneux, avaient l'air de vrais durs. À moitié endormi, enroulé dans sa couette, Irving se contentait de grommeler « Laissez-moi dormir encore cinq minutes », tandis qu'un boxer et deux bouledogues le trainaient vers la fenêtre ouverte.
Mon irruption a surpris ces forbans. Seul, je n'étais pas de taille à les affronter. J'ai pris un air sûr de moi, et je leur ai ordonné de lâcher

Irving : j'espérais que la Première Loi des Pluches suffirait à les faire obéir. Mais visiblement, ils n'avaient que faire de mes ordres.
Heureusement, Irving, toujours endormi, se cramponnait de toutes ses forces à son lit, un solide meuble en chêne, et malgré leurs efforts, les bouledogues n'ont pas réussi à le transporter plus loin.
Je me suis mis à lancer l'alerte prévue en cas d'enlèvement d'un agent du SMACK : cinq hululements de chouette effraie, suivis d'un puissant « À l'aide ! ». Paniqués par mes cris et la difficulté imprévue de leur mission, les chiens ont fini par abandonner. Ils ont tous sauté par la fenêtre. Je les ai regardés s'enfuir au clair de lune vers le petit bois qui borde la montagne.

Vous êtes arrivée juste après, dans votre splendide pyjama décoré de pieuvres. Vos parents n'avaient pas été réveillés : le SMACK pouvait donc se réunir sans craindre des oreilles adultes, afin de réfléchir à la stratégie à suivre.
Qui étaient ces chiens-Pluches ? Qui les envoyait ? Visiblement, ils étaient là pour enlever Irving.

Il faut admettre que l'agent 0081 est unique en son genre. Les Pluches-Ours ne courent pas les rues, il est peut-être le seul de son espèce. Cela a pu attirer l'attention de trafiquants, ou pire, d'un groupe de terroristes anti-Pluches !
– Disons, en attendant d'en savoir plus, qu'il s'agit de l'« OBSCUR », proposa l'agent 0027 (vous, Amanda !).
– Et ça veut dire quoi, « OBSCUR » ? a demandé l'agent 0054 (moi).
– Je ne sais pas encore, mais ça sonne bien. Je vais bien trouver une signification à cet acronyme. Quelle que soit l'identité des agresseurs qui ont envoyé ces chiens, ils ne s'attendaient pas à me trouver. Mais ils pouvaient revenir plus nombreux, peut-être avec des humains… De toute évidence, Irving n'était pas en sécurité chez vos parents.

J'ai proposé de l'emmener chez moi, à Nordburg, afin de le protéger et d'enquêter avec l'aide de ma famille, qui a recueilli elle aussi une Pluche un peu spéciale, la ratonne laveuse Valentine.
Nous avons décidé de ne pas informer vos parents de mon départ. Ils n'auraient peut-être pas été

d'accord avec ce projet. « Parfois, il faut prendre des décisions impopulaires », disait l'empereur Néron avant d'incendier Rome.

Nous avons donc sorti du garage un antique tandem qui avait appartenu à votre grand-mère et sa sœur jumelle, et j'ai pris le guidon, avec Irving derrière moi. Après des adieux trop brefs, l'ours et moi avons pédalé jusqu'au Bas-Peskio, le village voisin, juste à temps pour attraper le car de 9 h 30 à destination de Nordburg.
Une fois sur nos sièges moelleux, nous n'avons pas tardé à nous endormir, épuisés par ce trajet cycliste.

La journée touchait à sa fin lorsque nous sommes enfin arrivés dans ma ville natale. Je n'avais pas mis les pieds à Nordburg depuis que mes parents m'ont envoyé en pension au Cap Locke, c'est-à-dire il y a presque un an. Une période bien longue loin de ma famille chérie et de Valentine, notre ratonne laveuse Pluche, mais heureuse puisque cela a été l'occasion de vous rencontrer et de créer le SMACK.

La ville a considérablement changé depuis mon départ : il y a une nouvelle boulangerie, et les grilles du parc Gustave-Dron ont été repeintes. Nous avons longé bien des endroits célèbres : les Galeries Von Vedett, la piscine de nuit, le musée Kokochnik, le Grand Théâtre Tortinelli, et surtout la Friterie de la Gare, derrière laquelle l'autocar s'est enfin arrêté.

J'avais hâte de retrouver mes parents et Valentine, et d'être enfin en sécurité. Irving, qui a l'odorat plus fin que moi, a déclaré : « Cette ville sent comme les colis que t'envoie ta mère ! »

Nous sommes descendus par la porte arrière, tandis que les passagers qui montaient à Nordburg pour le trajet retour entraient dans l'autocar par l'avant. Nous avons rabattu nos capuches pour masquer nos visages, car je ne voulais pas être reconnu, et encore moins que l'agent 0081 soit remarqué !

Après avoir déchargé nos bagages et le tandem, j'ai acheté trois cornets de frites à la Friterie de la Gare. Un pour moi, et deux pour Irving, qui mange comme quatre – du coup, il avait encore faim après les avoir avalées.
Nous avons ensuite marché en direction du 7, avenue du Général-Scopitone, où habite ma famille. Mais, arrivé tout près, à l'angle de la rue des Deux-Brigands, j'ai remarqué sur le sol des petits machins roses. Leur examen attentif m'a indiqué qu'il s'agissait de croquettes pour Chiens-Pluches. Méfiance…

J'ai ordonné à Irving de se cacher dans le kiosque à nougats qui est au coin de l'avenue. Puis je suis allé inspecter l'immeuble, en avant-garde prudente, conformément à la procédure 24-C du Manuel du SMACK : « *Éclaireurs de nuit* ».

Ma précaution s'est avérée très utile. J'ai observé une douzaine de Chiens-Pluches en faction devant la porte. Encore des Bontoutous, comme ceux que nous venions de fuir ! Impossible d'entrer sans attirer leur attention.

J'ai donc rebroussé chemin pour sortir Irving du kiosque, et de son sommeil, car il s'était endormi. De retour à la Friterie de la Gare, nous avons demandé à Pierrot et Marie-Odile, les deux propriétaires, s'il était possible de passer la nuit dans leur baraque.

Ils ont fait mieux, et nous ont fort gentiment prêté du matériel de camping que nous avons monté sur le toit de la friterie. C'est là que je suis en train de rédiger ce rapport sur ma machine à écrire portative Wrestling & Lobster, à la lueur du lampadaire de la gare.

Notre base provisoire a pour inconvénient la présence de la cheminée de la friterie entre mon matelas et celui d'Irving, et comme avantage la proximité d'une source de chaleur (mais nous sommes en juillet et il fait déjà 26 degrés à l'extérieur, donc même cet avantage est un inconvénient).

Je note deux objectifs pour la prochaine mission :
⌖ **Objectif principal :** rentrer chez moi et mettre des chaussettes propres.
⌖ **Objectif secondaire :** empêcher Irving de ronfler et dormir un peu.

Nous avons de la chance, car un service de Pluche messager-express vient de s'installer à la gare de Nordburg. Demain, je confierai ce message au lapin Bonny, qui l'apportera rapidement à sa destinataire – vous, Amanda.

Ne vous inquiétez pas, Irving est en de bonnes mains, je suis sûr que je trouverai demain un moyen de revenir discrètement chez mes parents, et comme le dit la devise du SMACK : « Discrétion, Efficacité, Perspicacité » **et gros bisous.**

Bonny
EXPRESS
LE PLUS RAPIDE
LE PLUS SÛR
LE PLUS DISCRET !
MOTO-COURSIER

Annexe 0001-A : Les Pluches

Pluches : (*nom masculin : on dit « un Pluche »*). Organisme animal créé artificiellement pour mener à bien des tâches spécifiques.

Les Pluches (aussi nommés « Smartfaune ») ont pris une telle importance dans nos vies qu'il est difficile d'imaginer un monde sans ces créatures. Lorsque nos parents nous disent que dans leur enfance, les chats ne parlaient pas, et que pour envoyer un message on n'utilisait pas de Merle®, ils semblent évoquer la préhistoire.
Cela fait pourtant moins de vingt ans que les premiers animaux améliorés ont été créés. Ils étaient alors très rares, des produits de luxe, encore loin des Pluches modernes qui savent pratiquement tout faire et ne coûtent presque rien.

Les Pluches ont vite été perfectionnés. Leurs cerveaux ont été adaptés à des tâches très variées, et leurs membres modifiés pour devenir aussi habiles que des humains. Ils sont devenus de vrais

serviteurs, des messagers, conducteurs, guides, compagnons de jeu…
Mais certaines limites n'ont jamais été franchies : notamment la création de Pluches à partir d'animaux sauvages. Jamais officiellement, en tout cas…

Les six lois de la Smartfaune :

1– Un Pluche ne doit jamais embêter un être humain ou lui faire du mal.
3– Un Pluche doit obéir, dans la mesure de ses capacités, à son propriétaire, sauf si cela enfreint la première loi.
4– Un Pluche doit veiller à sa propre sécurité, sauf si cela contredit les lois 1 ou 3.
5– Un Pluche ne doit pas entraver le travail d'un autre Pluche, ou le mettre en danger, sauf si cela enfreint les lois 1, 3 ou 4.
6– Il n'y a pas de loi 2.

Les quatre règles des fabricants de Smartfaune :

1– Ne pas fabriquer de Pluches à partir d'espèces sauvages.
2– Déclarer tous les Pluches à l'AMOA (Autorité Mondiale des Organismes Artificiels).
3– Doter tous leurs Pluches d'un Dispositif d'Identification et de Sécurité.
4– Limiter les capacités des Pluches au strict nécessaire de leur mission.

Depuis quelques années, les petits fabricants de Smartfaune ont multiplié les infractions à ces règles ; et la mode des Pluches inspirés d'espèces sauvages a pris de l'ampleur. Les autorités ont fini par accorder des dérogations à certains, et aujourd'hui ces Pluches sont tolérés, à condition d'avoir des fonctions bien précises et des capacités limitées.
Mais on dit que des laboratoires clandestins ont aussi créé des Pluches sauvages sans aucun contrôle : les Sur-Pluches… Qui, au juste, et dans quel but ?

Les quatre Pluches préférés du grand public* :

** : (selon un sondage Amimoscope)*

① Les canards dansants Kwa Kwadrille :

tellement rigolos !

② Les Frères 3-Groins, cochons gourmets :

toujours prêts à vous cuisiner un bon petit plat !

ANNEXE 0001-A

3 Les Merles :

qui pourrait se passer de leur service de messagerie ultrarapide ? Inconvénient, ils ne retiennent pas plus de trois phrases.

4 Les Taxigognes :

des conducteurs hors pair pour tous trajets en automobile.

Réponse n° 0001-R

Objet : Tenez bon

De : Amanda Asinov (agent n° 0027), officier de référence
À : Benjamin Brumm (agent n° 0054) et Irving (agent n° 0081)

Ferme du Peskio, le dimanche 26 juillet

Bravo, agents 0081 et 0054. Le lapin-coursier Bonny m'a transmis votre rapport avec une vitesse incroyable – c'est vraiment un Pluche de haut niveau, je pense qu'il a dû doubler tous les autocars de la liaison Nordburg-Peskio.
Vous avez fait preuve de courage, d'esprit d'initiative et d'une raisonnable prudence. Je suis sûre que vous allez trouver un moyen d'entrer chez vous en évitant les chiens-Pluches, et que, avec l'aide de vos parents, cette affaire sera rapidement réglée.

Ici au QG du Peskio, tout va bien, nous n'avons pas revu de Bontoutous ni d'autres personnes suspectes. Mes parents, bizarrement, ne m'ont pas grondée pour vous avoir confié Irving. Je crois qu'ils sont soulagés, sans que je comprenne bien si c'est pour sa sécurité ou la leur. Là, ils sont partis au village avec Méméhari (non, ce n'est pas un nouveau Pluche, c'est juste notre camionnette à tout faire).

Continuez à enquêter sur l'origine de nos problèmes en prenant garde à ne rien révéler à nos ennemis, et surtout prenez soin de vous.
J'attends votre prochain compte-rendu. Je vous envoie un exemplaire des statuts du SMACK, que j'ai pris le temps de rédiger.
Je dois vous laisser car j'entends mes parents qui sont de retour avec des visiteurs.
Je confie cette réponse à Bonny le lapin.
Bonnes frites à vous deux !

Amanda

Annexe :
Statuts du SMACK

Le **SMACK** (Service Mondial d'Anquêtes Contre le Krime) est une organisation extrêmement secrète et mystérieuse, composée d'agents dissimulés dans le monde entier, mais pour le moment surtout au Peskio et à Nordburg.
Le SMACK a été créé par Amanda Asinov et Benjamin Brumm, lors de leurs études à la pension du Cap Locke.

OBJECTIF

L'objectif du SMACK est de lutter contre tous les crimes qui concernent les Pluches, leurs propriétaires et leurs amis. En effet, la justice des humains ne s'intéresse pas à ces créatures, qui sont pourtant douées de sensations et parfois de raison.
Le SMACK a pour premier projet d'enquêter sur les origines mystérieuses de l'ours Irving, et de la ratonne laveuse Valentine.

AGENTS

Le SMACK compte actuellement trois agents, Amanda Asinov, Benjamin Brumm et Irving. Afin d'égarer nos ennemis et d'impressionner nos alliés, nous avons décidé de donner aux agents du SMACK des numéros multiples de 27 : au lieu de 001,002 et 003, cela fait donc 0027, 0054 et 0081.

MISSION EN COURS

L'attaque de la maison dans la nuit du 24 juillet, par des Pluches de modèle « Bontoutou », visiblement pour enlever Irving, nous a confirmé que notre enquête est justifiée. Des gens en veulent à cet ours, peut-être en raison de ses talents particuliers. Lesquels ? Qui ? Pourquoi ? Notre nouvel objectif est de le découvrir.

ENNEMIS

Je propose de désigner ces ennemis mal identifiés par le nom provisoire d'« OBSCUR* ».

* : *« Orrible Bande de Scélérats Chasseurs d'Ursidés et de Ratons-laveurs. »*

Annexe 2 :
Irving (agent 0081)

Irving est un Pluche remarquable par sa taille et ses aptitudes (les Pluches issus d'animaux sauvages sont rares, et les ours encore plus). Il est surtout unique, ou presque, par sa nature.
Ce jeune ours a plus ou moins les capacités mentales d'un humain. Contrairement aux Pluches du commerce, Irving n'est pas programmé pour faire toujours les mêmes tâches, mais il se comporte exactement comme une personne normale. Sauf que c'est un ours.
Les parents de l'agent n° 0054 (Benjamin) possèdent un Pluche doté de talents similaires : Valentine, une femelle raton laveur. La confrontation d'Irving et de Valentine apportera peut-être des réponses à nos interrogations sur leurs origines.

BONTOUTOU
Le Pluche à toute épreuve
protection de tous locaux
chasse de tout gibier
surveillance de bébés, grand-mères, prisonniers dangereux
Livré avec 3 jeux :
- Attrape la baballe
- Rapporte le bâton
- Poursuit le facteur
BONTOUTOU
est un Pluche parfait pour les missions les plus délicates.
Les qualités d'un chien de garde, la fiabilité d'un Pluche®
un produit SUPERNATURE®
Nourrissez vos Pluches exclusivement avec les aliments TUTTIPLUCCHI®

Rapport de mission n° 0002

Objet : 43 ventouses

De : Benjamin Brumm (agent n° 0054)
et Irving (agent n° 0081)

À : Amanda Asinov (agent n° 0027),
officier de référence

Rapport tapé à : Nordburg
Date : dimanche 26 juillet
Confidentialité : Rien que pour vos yeux
beaux

Chère agent n° 0027

Après avoir dormi (surtout Irving) et pris un solide petit-déjeuner à base de frites, nous avons ce matin décidé d'un plan ingénieux. Notre objectif : revenir chez mes parents sans être repérés par les chiens au service de l'OBSCUR qui se relaient devant notre entrée.

La fenêtre de nos toilettes ferme très mal. D'ailleurs, en hiver aller aux w.c. est une épreuve pour ceux qui ont les fesses sensibles au froid. Mais cela a un avantage : il nous suffirait de grimper jusqu'au toit pour entrer dans l'appartement par ce passage pratique et discret.

J'ai proposé à Irving d'escalader la façade en me portant sur son dos, mais il a gémi d'un air inquiet : « Moi ? Escalader un immeuble ? J'ai bien trop peur de tomber ! »

Je vous avoue, Amanda, que moi aussi j'ai peur de tomber, sauf de tomber amoureux, bien entendu. Mais ça ne nous aide pas tellement, hein, donc parlons d'autre chose.

Nous avons fait l'inventaire de nos valises afin de voir si elles contenaient quelque gadget permettant d'accéder au toit sans danger.

Irving possède une ficelle, qu'il a emportée pour faire sécher son linge. J'ai mon pistolet à ressort, ainsi que 43 munitions, des fléchettes munies de ventouses. Pendant qu'Irving écrivait un poème sur son carnet, j'ai imaginé les plans d'un lance-grappin à ventouses, qui nous permettrait d'arrimer la ficelle à la cheminée de mon immeuble. Mais les premiers essais, dans une ruelle située derrière la gare, ont été décevants. Les ventouses se sont bien collées au mur de la maison, en revanche, la ficelle d'Irving ne mesure que 178 centimètres de long, c'est bien trop court. J'ai donc renoncé, et Irving est venu me faire lire son poème. Le voici :

Glissant dans la nuit,
Sur une route blême
Voici deux amis
Montés en Tandem

Un ours, un enfant
Sans peur ni regrets
Ils pédalent gaiement
Vers la Grande Cité

Qui sont ces chiens
Mystérieux ennemis
On verra demain,
Mais d'abord : au lit !

Le dessin qui accompagnait cette merveilleuse poésie nous représente tous les deux, montant sur notre tandem la côte de Sainte-Racoune, près de votre ferme. Et en le voyant, j'ai su comment nous allions escalader l'immeuble de mes parents.

J'ai aussitôt expliqué mon idée à Irving, qui a dessiné ce plan de notre machine.

Nous allons tout de suite fixer mes ventouses sur les roues du tandem. Nous attendrons la nuit pour escalader l'immeuble du 7, avenue Scopitone, et rejoindre enfin mes parents et Valentine la ratonne laveuse. Je vous enverrai de là-bas mon prochain message, qui sera sûrement triomphal.

Mes deux objectifs restent inchangés :

⌖ **Objectif principal :** rentrer chez moi et mettre des chaussettes propres (ça devient urgent).

⌖ **Objectif secondaire :** empêcher Irving de ronfler (idem).

Je remets ce message au lapin coursier, qui vous l'apportera, chère Amanda, avec empressement.
« Discrétion, Efficacité, Perspicacité » et gros bisous.

Rapport de mission n° 0003

Objet : Les sacs à roussettes du docteur Graham

De : Benjamin Brumm (agent n° 0054) et Irving (agent n° 0081)

À : Amanda Asinov (agent n° 0027), officier de référence

Rapport tapé à : Nordburg
Date : lundi 27 juillet, 2 h du matin
Confidentialité : Rien que pour vos *beaux* yeux

Chère agente n° 0027

Je rédige ce rapport depuis la cuisine de l'appartement de mes parents, au 7, avenue du Général-Scopitone, tandis qu'Irving fait cuire des spaghettis. N'en déduisez pas cependant que notre mission a été un succès total. À vrai dire, les évènements ont pris un tour bien différent de celui que nous espérions.

☺ **Points positifs :**

1– Nous sommes parvenus à entrer (vous l'avez compris)

2– Je découvre qu'Irving sait cuisiner les pâtes, et ça sent drôlement bon.

☹ **Points négatifs :** Hum, le mieux est de tout vous raconter dans le détail.

Hier, une fois notre tandem équipé en ventouses (20 par roue, il me restait donc trois fléchettes pour mon pistolet à ressort), Irving et moi avons attendu la nuit pour agir.

Une pluie fine tombait sur Nordburg et nous sommes allés nous abriter dans le hall du Grand Théâtre Tortinelli, où nous avons bu un chocolat chaud offert par une dame qui travaille là-bas. Elle se nomme Eleonora Florimont, et son immense chevelure rousse pourrait constituer une cachette en cas de besoin. En plus, elle sent presque aussi bon que vous, si c'est possible.

À la nuit tombée, nous sommes sortis, avons rabattu nos capuches et sorti le Tandem *Monte-en-l'Air*.

Ce véhicule présente un inconvénient : conçu pour escalader les murs, il est en revanche très peu pratique pour rouler dans les rues. Il nous a fallu le transporter à la main jusqu'à l'avenue du Général-Scopitone. Je me suis dissimulé derrière le kiosque à nougats. Les Bontoutous faisaient toujours le guet devant notre porte. Conformément au plan « T-2 », nous avons donc contourné l'immeuble, et nous sommes postés rue des Deux-Brigands, à l'arrière du bâtiment, où nous avons installé le Tandem *Monte-en-l'air* sur le mur de briques.

Cet appareil se révèle horriblement fatigant à utiliser. La capacité de pédalage d'Irving, qui possède des pattes musclées, est contrebalancée par son poids (d'autant plus qu'il avait mangé huit crêpes avec son chocolat chaud au café du Théâtre).

Après 25 minutes d'efforts, nous sommes péniblement arrivés au niveau du premier étage. Il nous restait encore cinq niveaux avant d'atteindre le toit, exploit qui me semblait hors de portée.
C'est à ce moment que la fenêtre située à notre droite s'est ouverte. Un monsieur doté d'une épaisse moustache blanche a passé la tête dehors et s'est exclamé :
– Un tandem Blanquet-Fernat huit vitesses à dérailleur oblique ! Ma parole, quelle beauté ! Je ne connaissais pas ce modèle à ventouses. Mais, on dirait que tu es le petit Brumm ! Ça roule, jeune homme ?

J'ai reconnu le docteur Graham. C'est un voisin, ce qui ne vous surprend pas, puisqu'il habite dans l'immeuble construit à côté du mien. Un peu essoufflé, j'ai juste réussi à lui répondre : « Grumflushh mugnn humpff. » Le vieux passionné de tandems nous a aussitôt fait entrer par sa fenêtre, et pendant qu'il observait avec admiration notre vélo alpiniste, nous avons pu boire un verre d'eau, puis je suis allé faire pipi.

J'ai expliqué à monsieur Graham que nous avions trouvé ce moyen de rentrer par les toits pour éviter les chiens Pluches qui surveillaient l'entrée de notre immeuble. Le docteur a proposé de nous aider. Il nous a très gentiment prêté deux « sacs à roussettes », une de ses inventions (car il n'est pas docteur en médecine, mais en mécanique et en « combinaison machine/Pluches »). Ces ingénieux prototypes sont des sacs à dos contenant chacun quatre gros Pluches chauves-souris, suffisamment forts pour soulever un humain. Ils avaient très peu servi et étaient en parfait état.

Irving a mis un sac sur son dos, moi de même, et nous sommes passés par la fenêtre. Il ne nous restait plus qu'à libérer les chauves-souris en tirant d'un coup sec sur le lacet situé à droite. Les braves Pluches ont réussi à nous emporter jusqu'au toit. Seul inconvénient : les roussettes, une fois lancées, voulaient continuer leur vol, bien au-dessus de notre objectif. Le docteur Graham nous avait mis en garde contre ce défaut, qui a entrainé la disparition de quelques-uns de ses proches, et sa décision de ne pas commercialiser son invention.

Heureusement, il nous restait trois ventouses et la ficelle d'Irving, avec lesquelles j'ai pu harponner la cheminée de l'immeuble, et obliger les Pluches volants à redescendre.

Comme prévu, nous sommes entrés dans l'appartement de mes parents par le vasistas des toilettes.
J'espérais faire une bonne surprise à ma famille, sans doute en train de jouer au trictrac ou au rami avec notre Pluche Valentine, comme à leur habitude.
Mais j'ai aussitôt compris qu'il s'était passé quelque sinistre évènement dans cet appartement.

Les spaghettis sont prêts : je vais reprendre des forces avant de vous raconter la suite de notre mission, et les tristes conclusions auxquelles nous sommes arrivés. Je vais donc à table, à tout de suite chère Amanda.

« Discrétion, Efficacité, Perspicacité »

et gros bisous.

SAC À ROUSSETTES
«GRAHAM» ®
CHAQUE SAC CONTIENT 4 CHIROPTÈRES PRÊTS À L'EMPLOI.
AUTONOMIE : 5 KILOMÈTRES.
LE SAC QUI VOUS DONNE DES AILES !
NE CONVIENT PAS AUX ENFANTS DE MOINS DE 15 ANS, AUX FEMMES ENCEINTES, AUX PERSONNES SOUFFRANT DE VERTIGE, AUX PERSONNES PESANT PLUS DE 80 KILOS NI AUX POISSONS OU CRUSTACÉS.

Rapport de mission n° 0004

Objet : Opopanax et étranges yaourts

De : Benjamin Brumm (agent n° 0054) et Irving (agent n° 0081)

À : Amanda Asinov (agent n° 0027), officier de référence

Rapport tapé à : Nordburg
Date : lundi 27 juillet, 20 minutes plus tard.
Confidentialité : Rien que pour vos beaux yeux

Voilà, nous avons fini le repas. Bobi et Buba, les deux Poissons laveurs de mes parents, sont en train de nettoyer la vaisselle dans leur aquarium de lavage, Irving s'est endormi sur le canapé, et j'en profite pour terminer mon rapport.

Lorsque nous sommes entrés, le plus grand désordre régnait dans l'appartement familial. Le plancher du couloir était couvert de livres sur la physique quantique, la culture des huitres ou la fabrication de coussins. Une machine à pop-corn, un bouclier et une collection de réveils anciens encombraient le vestibule et rendaient presque impossible l'accès à la cuisine. Pour prendre l'escalier qui descend au salon, nous avons dû déplacer deux cartons de *Vie sauvage de nos balcons*, un magazine consacré aux insectes et escargots.

Bon, tout ça, c'était normal en fait, c'est toujours ainsi dans l'appartement de mes parents. Ce qui était inquiétant, c'était le silence.
À 22 h 30, on aurait dû entendre ma mère et mon père se disputer à propos de la recette des éclairs au potiron, ou rire aux éclats en écoutant les histoires drôles de notre Pluche Valentine. Mais là, pas un bruit.
Irving a humé l'air, et déclaré :
– Il y a ici cette odeur que je connais ! Une odeur douce et plaisante – le parfum que j'ai parfois senti sur les lettres envoyées par ta mère, et que j'ai perçu quand nous sommes arrivés à la gare.
– C'est l'Opopanax ! Le parfum de ma mère ! Tu as vraiment une truffe ultra-sensible, agent 0081 !
Nous avons exploré les 14 pièces, et ce que je craignais depuis la première minute s'est révélé tristement vrai : papa, maman et Valentine étaient absents. Sans eux, cet appartement, d'habitude si joyeux, ressemblait à une foire sans manèges, à une savane sans éléphants, à une patinoire sans glace. Il fallait découvrir la raison de leur disparition.

En examinant attentivement les lieux, j'ai trouvé plusieurs indices :

Le courrier dans la boîte à pneumatique, qui est déposé chaque matin par la compagnie des Postes des Pingouins Verts, n'a pas été ramassé ce matin. Mes parents sont donc partis hier seulement – le jour même où nous sommes arrivés à Nordburg ! Peut-être les avons-nous ratés de quelques minutes seulement hier soir !

La vaisselle propre restée dans l'aquarium est celle du goûter : tasses à thé, couteaux à muffins, confiturier. Mais aucune trace de vaisselle sale du dîner. Ils sont donc partis entre 17 h et 19 h 30.

Le frigo contenait des pots de yaourt de la marque « Sainte-Rictude ». Jamais mes parents n'auraient acheté de tels yaourts : ils ne jurent que par les produits laitiers « Gouy & Prou ». J'ai pris ces laitages suspects afin d'enquêter sur leur provenance.

Irving et moi avons décidé de ne pas trainer dans cet appartement : la présence des chiens en bas indiquait qu'il était surveillé. Si mes parents avaient fui une menace, ou, pire, s'ils avaient été enlevés, il était probable que nous étions en danger également.

Je me suis demandé ce que Valentine aurait fait dans cette situation. Cette Pluche est très intelligente, elle m'a plus d'une fois sorti de problèmes difficiles, par exemple la fois où je ne savais pas combien de beurre mettre dans ma recette de gâteau au chocolat (« le maximum », a-t-elle répondu avec finesse). J'ai supposé qu'elle nous aurait conseillé de ne pas rester ici.

Avant de quitter l'appartement, j'ai mis dans une valise quelques affaires indispensables dont ma « cape de visibilité », des vêtements de rechange pour moi (enfin des chaussettes propres !), et des habits de papa, en espérant qu'ils seront à la taille d'Irving. Et j'y ai ajouté des photos de mes parents et de Valentine. Officiellement, pour aider dans nos recherches, mais surtout parce qu'ils me manquent terriblement. D'ailleurs, je regrette de ne pas avoir emporté de photo de vous, Amanda.

J'ai également préparé un sac spécial que j'ai confié à Irving. Nous en aurons besoin pour semer les chiens si nous les croisons.
Le problème, c'est qu'avec tous ces bagages, nous serons trop lourds pour utiliser les sacs à roussettes. Les pauvres Pluches ont déjà eu du mal à soulever Irving sans valise !
Nous allons donc devoir sortir par l'escalier principal, et échapper à la surveillance des Bontoutous en prenant la fuite aussi vite que possible.

Je donnerai ce message à Bonny le lapin dès notre arrivée à la gare – si vous ne le recevez jamais, c'est que les choses se seront mal passées pour nous !

« Discrétion, Efficacité, Perspicacité »

et gros bisous.

dessiné de mémoire
par Irving

Annexe 0004-A :
Plan de l'appartement Brumm,
7 avenue du Général-Scopitone, Nordburg

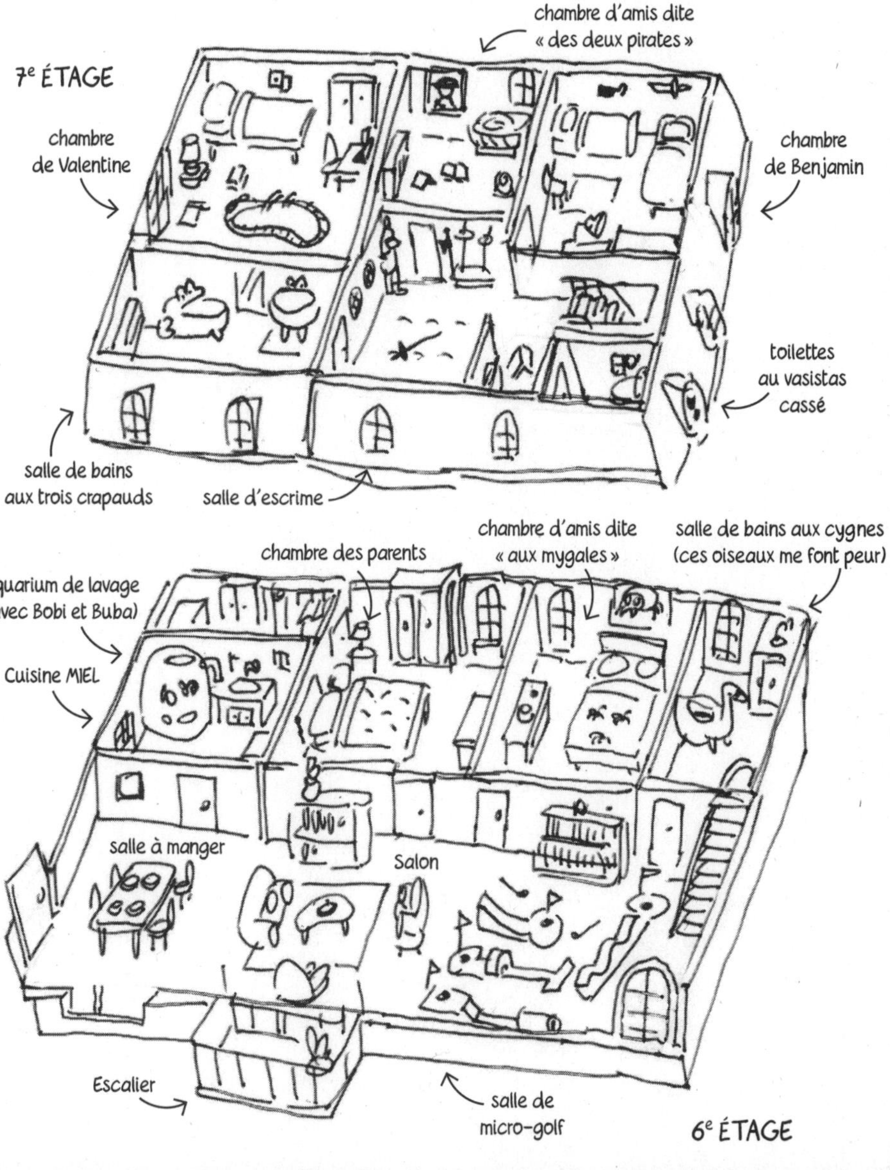

Rapport de mission n° 0005

Objet : Pluie et déluge

De : Benjamin Brumm (agent n° 0054) et Irving (agent n° 0081)

À : Amanda Asinov (agent n° 0027), officier de référence

Rapport tapé à : Nordburg (Grand Théâtre Tortinelli)
Date : mardi 28 juillet
Confidentialité : Rien que pour vos beaux yeux

Je trouve enfin le temps de rédiger ce nouveau rapport, et j'espère que vous ne vous êtes pas trop inquiétée depuis mon dernier message.

Notre projet de sortir de l'immeuble de mes parents s'est très bien déroulé ; enfin, il s'est très bien déroulé du 6e étage jusqu'au rez-de-chaussée. Lorsque nous avons abordé le dernier tournant de l'escalier, Irving m'a tout de suite alerté :
– Ça sent le chien mouillé, Benjamin. Il doit pleuvoir dehors.
– Et alors ? Tu as peur de quelques gouttes, Irving ?
Si j'avais réfléchi un peu plus, je me serais dit que si ça sentait le chien mouillé, c'était signe de chien autant que de pluie.
Mais je n'y ai pensé qu'en apercevant les Bontoutous. Ils n'étaient plus sur le trottoir, mais à l'abri dans le hall d'entrée de l'immeuble, occupés à s'ébrouer.
J'ai murmuré :
– Irving ! On fonce !
Nous avons couru jusqu'à la porte avant qu'ils aient compris ce qui se passait. Irving a bousculé

trois chiens d'un grand coup de son sac, ce qui m'a donné le temps d'ouvrir.

Dehors, quatre autres Pluches se sont précipités pour nous barrer la route. J'ai crié à Irving :

– Les sacs à roussettes !

Tout en courant vers les chiens, nous avons ouvert nos deux sacs à roussettes, libérant les chauves-souris qui n'attendaient que ça. Les braves petites ont fait de leur mieux, et nous ont suffisamment soulevés pour nous permettre de passer juste au-dessus des chiens. Enfin, pas tout à fait pour Irving : deux Pluches ont bondi assez haut pour attraper ses pattes arrière.

Je lui ai crié :

– Maintenant ! Ouvre !

L'agent 0081 a actionné la fermeture éclair du sac spécial que je lui avais confié, et cela a provoqué un déluge sur ses poursuivants. Des tigres, des araignées, des perroquets, des tornades, des mammouths et même une givrée… toute ma collection de billes ! Les chiens ont lâché prise, tandis que leurs collègues glissaient sur les billes qui dévalaient l'avenue du Général-Scopitone, légèrement en pente à cet endroit.

Irving et moi nous sommes posés une dizaine de mètres plus loin. Derrière, les Bontoutous qui surgissaient de l'immeuble perdaient l'équilibre à leur tour…
Pendant que les chauves-souris repartaient vers la fenêtre du docteur Graham, nous nous sommes enfuis avant que les chiens réussissent à se relever.

Lorsque nous sommes arrivés devant la gare, j'étais épuisé à force de courir, et Irving aussi, surtout que je lui avais refilé la grosse valise.

On voulait se coucher directement, sans se brosser les dents ni se mettre en pyjama. Mais manque de chance, bien qu'on soit au milieu de la nuit, il y avait du monde devant la friterie. Une petite foule, bruyante et affamée. Impossible de monter discrètement sur le toit.

On a fait la queue, en espérant que les chiens n'allaient pas arriver. Je commençais à en avoir assez de tout ça, et je ne pouvais pas m'empêcher de penser à mes parents et à Valentine. Est-ce qu'ils s'étaient enfuis ? Est-ce qu'ils avaient été enlevés ? Pourquoi ces yaourts bizarres dans le frigo ?

Je me suis assis sur la grosse valise. Je crois bien que quelques larmes de fatigue sont tombées de mes yeux et de mon nez.

C'est une voix que je connaissais qui m'a sorti de cet état peu convenable pour un agent du SMACK. Une voix de dame, avec un léger accent venu du pays des tagliatelles et des gondoles.

– Ma, qu'est-ce que tu fais là, jeune homme, à cette heure-ci, avec ton ourson ?

J'ai levé la tête et j'ai reconnu la comédienne du Théâtre Tortinelli, celle avec la forêt de cheveux roux et le maquillage comme si elle avait peint son portrait sur son visage.
– Madame Fleurissant ?
– Florimont, Eleonora Florimont. Et toi, tu es le garçon qui aime le chocolat chaud !
Comme indiqué dans mon rapport N°0003, la dame m'avait en effet payé un chocolat au bar du théâtre. Elle n'a pas attendu que je confirme, et elle a demandé :
– Qu'est-ce que c'est que cette valise ? Tu es à la rue ? Avec ton Pluche ?
Je ne pouvais pas lui expliquer que j'étais en mission pour le SMACK ni que mon repaire secret était sur le toit de la friterie, alors j'ai juste dit :
– Non, rassurez-vous, tout va bien.
Elle m'aurait peut-être cru si je n'avais pas éclaté en sanglots au même moment.

Le résultat, c'est que, ce soir, je vous écris ce rapport depuis le Grand Théâtre Tortinelli, dans la loge nommée « Aux chérubins » en raison des petits anges peints sur les murs, où madame Florimont m'a installé. Irving est dans celle d'en face, la 14, dite « Aux monotrèmes » parce qu'elle est décorée d'ornithorynques et d'échidnés.
Le lapin Bonny va bientôt arriver, je lui confierai donc ce message sans plus tarder. J'aimerais être à sa place, non pas pour courir dans les plaines et sur les collines, mais pour avoir la chance de remettre ce pli dans votre main douce aux doigts si élégants.

« Discrétion, Efficacité, Perspicacité »

et gros bisous.

Annexe 0005-A : Conversation avec Irving

Avant que Bonny ne prenne ce message, j'y ajoute ces quelques lignes. C'est une conversation que j'ai eue avec Irving hier soir. **Pour la première fois depuis que j'ai accepté de le protéger, il m'a parlé de son passé.** On dirait que la mémoire commence à lui revenir : si cela se confirme, ça pourrait être très important dans la suite de notre enquête.

Benjamin : Irving, tu m'as dit que tu étais prêt à me raconter certains souvenirs de ta vie avant notre rencontre. Es-tu toujours d'accord ?

Irving : Oui, je veux bien.

Benjamin : Je t'écoute.

Irving : J'étais encore un ourson quand je suis arrivé chez les parents d'Amanda, les Asinov. Je me souviens d'un long voyage à l'arrière d'un Taxigogne, conduit par un Pluche livreur. Il faisait chaud, j'avais soif. Ça devait être à la fin de l'été.

Benjamin : L'année dernière ?

Irving : Non, il y a trois ans. Peut-être quatre. Les Asinov m'ont tout de suite adopté. Je me rappelle moins d'Amanda, parce que l'année suivante elle est partie à l'école.

Benjamin : À la pension du Cap Locke. C'est là que j'ai fait sa connaissance, l'année dernière, quand mes parents m'y ont envoyé. J'ai gardé la feuille de présentation de cette école sur laquelle elle m'a écrit un mot vraiment super, je l'ai toujours sur moi…

Irving : Bon, c'est toi qui racontes tes souvenirs, ou c'est moi ?

Benjamin : Mais c'est important. Je le dis pour que les lecteurs comprennent bien.

Irving : Mais « les lecteurs » c'est Amanda ! Elle le sait bien, que tu l'as rencontrée au Cap Locke.

Benjamin : Bon, bon, continue, Irving.

Irving : Bref, c'est surtout Susan, la maman d'Amanda, qui s'est occupée de moi. Les parents d'Amanda ont une petite ferme de Pluches, et Susan était très intéressée par moi. Je crois qu'elle voulait comprendre comment j'apprenais des trucs en observant les humains, alors que la plupart des Pluches ont juste un cerveau capable de répéter un seul programme précis.

Benjamin : Oui, les parents d'Amanda sont des militants des droits des Pluches. Ils pensent que les Pluches ont une conscience, comme les humains. Ils sont proches du mouvement « Plumes & Poils », qui veut interdire le commerce des animaux modifiés et leur donner un statut égal aux humains.

Irving : Bon, je peux parler ? Je disais que la maman d'Amanda s'est beaucoup occupée de moi. Assez vite, c'était comme si je faisais partie de la famille.

Benjamin : Comme Valentine, chez moi. Cette ratonne laveuse est presque une sœur…

Irving : Écoute, ça suffit. Puisque c'est ça je vais me coucher.

Benjamin : Oh, quel râleur. Très bien, fin de l'interview.

Annexe 0005-A :

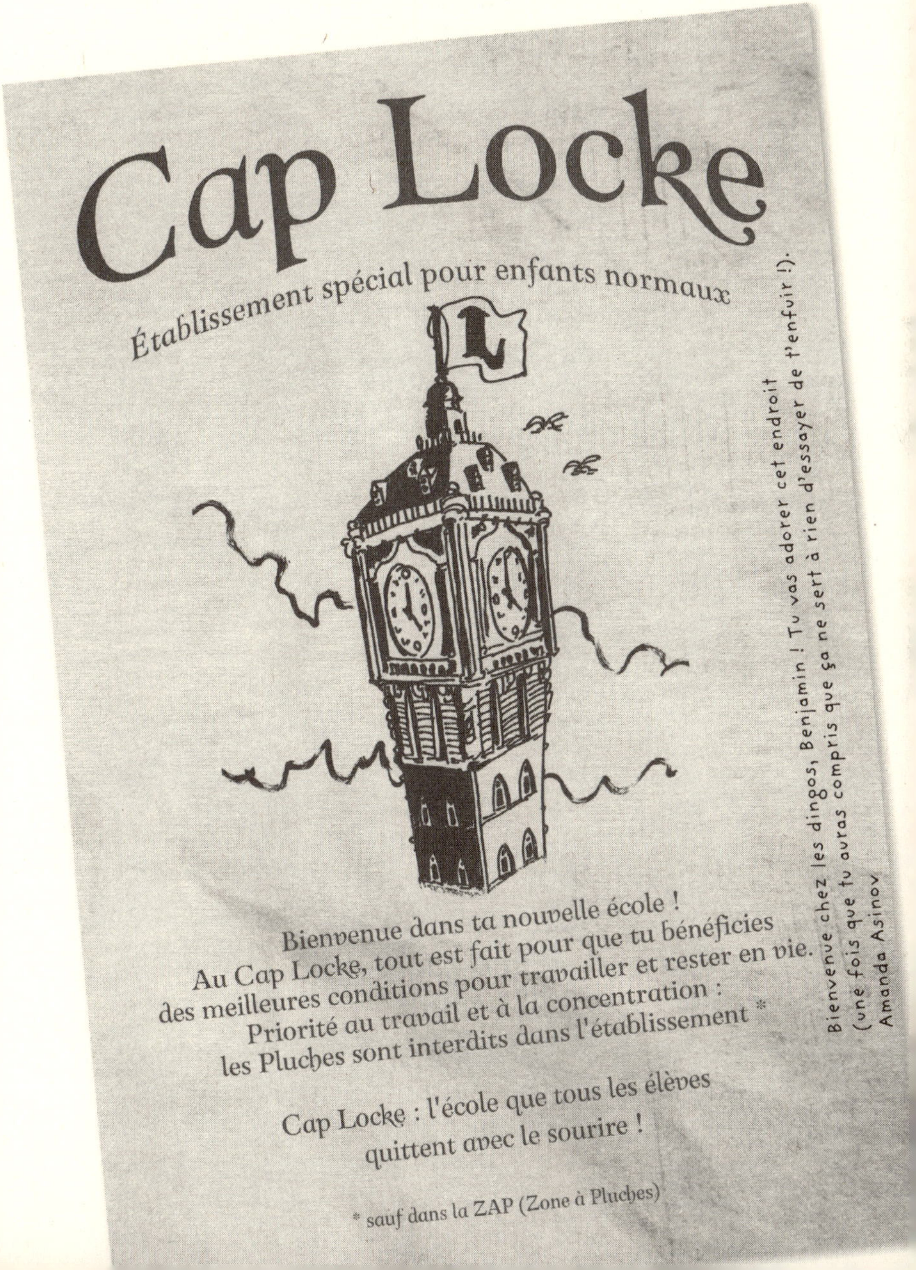

Réponse n° 0002-R

Objet : Méfiance

De : Amanda Asinov (agent n° 0027), officier de référence
À : Benjamin Brumm (agent n° 0054) et Irving (agent n° 0081)

Vos informations sur la disparition de vos
parents sont plutôt inquiétantes,
et l'absence de votre ratonne laveuse
Valentine me fait croire qu'ils
sont menacés par le même gang qu'Irving.
Ici, tout va bien, je m'ennuie de vous mais
le calme règne. Je n'ai pas vu un seul
Pluche hostile depuis votre départ, il me
semble que tout est normal. Continuez à
me transmettre des nouvelles, je vais
surveiller la situation ici.
Je reste prudente et vigilante, et je
vais faire de mon mieux pour vous
communiquer tout événement nouveau.
En attendant, révisez bien notre
code de conduite ! Pour notre sécurité, le
secret est dans les mots (le 1er de chaque ligne)

Rapport de mission n° 0006

Objet : En sécurité

De : Benjamin Brumm (agent n° 0054)
et Irving (agent n° 0081)

À : Amanda Asinov (agent n° 0027),
officier de référence

Rapport tapé à : Nordburg
(Grand Théâtre Tortinelli)
Date : vendredi 31 juillet
Confidentialité : Rien que pour vos beaux yeux

Nous n'avons pas quitté le Théâtre Tortinelli depuis trois jours.
Je préfère que nous restions un moment dissimulés, loin de ces chiens. Ils savent maintenant que nous sommes à Nordburg, et je ne suis pas tranquille. Mes parents ont disparu, et on a déjà essayé d'enlever Irving, qui sait ce qui peut nous arriver ?
J'ai essayé de chercher le réconfort en regardant longuement les photos d'eux récupérées à l'appartement ; mais bizarrement ça fait l'effet inverse et ça me donne envie de pleurer. Même celle où Valentine fait le clown ne réussit pas à me donner le sourire, c'est peut-être celle qui me rend le plus triste. Enfin, je me console en me disant que nous avons un refuge et des alliés, et en pensant à vous, Amanda.
Pour les légumes, rassurez-vous, nous ne manquons de rien et je crois que l'équipe du théâtre est vraiment digne de confiance. Même et surtout madame Florimont.

Ici, nous sommes en sécurité. Quel meilleur endroit pour se cacher des forces de l'OBSCUR ? Le Grand Théâtre Tortinelli est plein de recoins, de salles et de pièces vides. Il faut dire que, depuis que les Pluches existent, presque plus personne ne va au théâtre. C'est tellement plus facile de louer une troupe d'animaux rigolos qui viennent vous distraire à domicile ! Des Pluches comiques comme les « Matous zinzins » et « Chèvre & hamster » sont fabriqués à des millions d'exemplaires. Du coup, nous sommes tranquilles, et les gens du théâtre sont bien contents de nous avoir pour se distraire.

Nous avons mis à profit ces trois jours pour aménager notre repaire secret et pour visiter le bâtiment afin de repérer cachettes et sorties de secours, en cas d'attaque de l' OBSCUR.

Cet endroit est merveilleux. Il y a une cuisine, dont s'occupe Jacky Courgette, qui prépare des plats délicieux. Un atelier avec plein de machines pour fabriquer des accessoires et des décors. Et une bibliothèque remplie de vieux livres, où Irving passe une bonne partie de son temps. Mais le plus formidable, c'est la salle des Costumes. Eleonora Florimont nous a présenté le grand costumier, Edmond Gogothe, qui nous a fait essayer toutes sortes de tenues et de déguisements.

L'endroit idéal pour des agents du SMACK. J'aimerais que vous soyez là pour en profiter (j'ai repéré une jolie robe noire avec des motifs d'arbre dorés qui vous irait à ravir).

Vous le voyez, nous sommes en parfaite sécurité dans ce nouveau repaire. J'ai décoré ma chambre avec les photos prises chez mes parents, c'est une pièce tranquille. Nous allons pouvoir y préparer la suite des opérations, et mener notre enquête.

Bonny le lapin s'impatiente : je lui confie ce message, ainsi que le plan du Théâtre dessiné par Irving, et je vous dis :

« Discrétion, Efficacité, Perspicacité »

et gros bisous.

T
TORTINELLI

Annexe 0006-A :
Photos récupérées par l'agent 0054
à son domicile.

Le mariage de Jean-Joseph et Marthe Brumm, dans leur laboratoire (avant la naissance de Benjamin)
Benjamin avec Valentine le jour de son arrivée

Rapport de mission n° 0007

Objet : Piaf et croquis

De : Benjamin Brumm (agent n° 0054) et Irving (agent n° 0081)

À : Amanda Asinov (agent n° 0027), officier de référence

Rapport tapé à : Nordburg (Grand Théâtre Tortinelli)
Date : Dimanche 2 août
Confidentialité : Rien que pour vos yeux

beaux

Aujourd'hui, dimanche, c'est jour de relâche au théâtre Tortinelli et nous étions seuls, l'agent 0081 et moi. En l'absence de Jacky Courgette, le cuistot, nous sommes allés voir dans la cuisine ce que nous pourrions trouver à manger. Il y avait de quoi faire un repas très correct à base de petits pains au fromage, et nous avons suivi vos conseils en partageant une tomate.
En revanche, Irving était très déçu qu'il ne reste plus de tiramisu en dessert, et du coup, je suis allé fouiller dans le frigo, où j'ai retrouvé notre butin de l'autre nuit : le paquet de yaourts Sainte-Rictude récupéré chez mes parents.
Je l'avais emporté comme élément d'enquête, et j'avais complètement oublié de l'examiner plus en détail. C'est donc ce que j'ai fait, tout en essayant d'empêcher Irving de dévorer cette importante pièce à conviction.

J'ai d'abord observé l'étiquette à la recherche d'une adresse ou d'un code-Merle pour envoyer un message à l'entreprise. Rien de ce genre.
Le paquet contenait quatre yaourts attachés ensemble. Deux avaient été ouverts et étaient vides.

Les deux autres portent juste la mention « Laiterie Sainte-Rictude », et un numéro inscrit sur chacun. J'ai supposé que c'était la date limite, mais Irving, qui s'intéresse beaucoup à la nourriture, m'a fait remarquer que cette date devrait être la même pour les deux. Et là, il y avait : **505 et 719.**

– Ça ne ressemble pas à des dates, a grogné Irving. Moi je dis qu'ils sont bons et qu'on pourrait les manger, de toute façon on n'a pas eu de dessert.

– Mais enfin, tu ne penses qu'à ton ventre !

À ce moment, l'estomac de l'agent 0081 a émis un puissant gargouillement. Irving a ajouté :

– Tu vois, il émet un SOS !

C'est alors que j'ai compris.

– L'étiquette ! Ce n'est pas « 505 » mais « SOS » ! Il faut l'ouvrir !

C'est ce que j'ai fait aussitôt. Pour la plus grande déception de notre ours, j'avais raison : le pot ne contenait pas un dessert lacté mais un petit rouleau de papier, sur lequel était écrit :

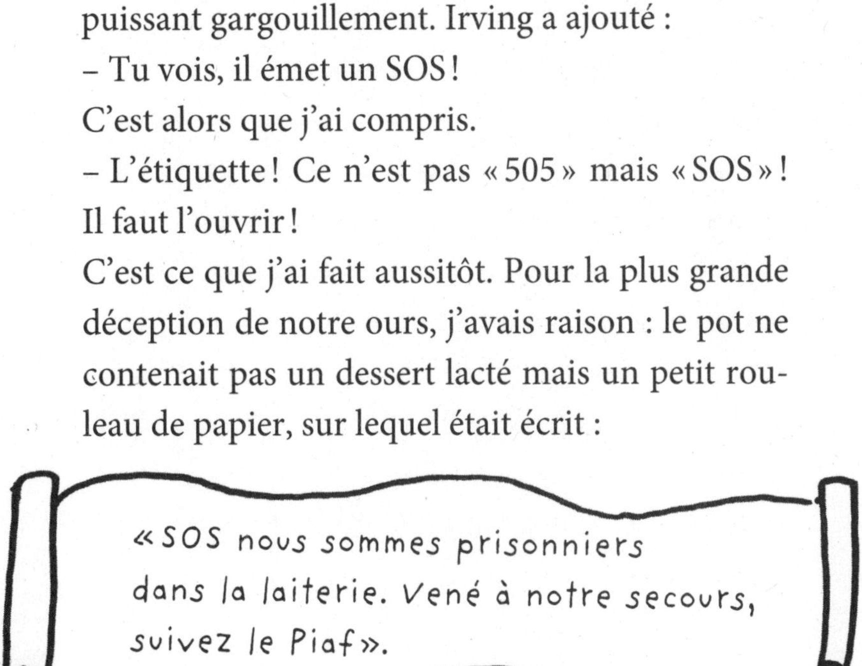

– Le Piaf ? a demandé Irving.
– Ça veut dire l'oiseau ! Un Piaf, c'est un Pluche-guide capable d'emmener vers n'importe quelle adresse. Mais on n'a pas d'adresse !
J'avais beau tourner et retourner le papier, je n'y découvrais aucun autre message. Irving, toujours logique, a ajouté :
– De toute façon on n'a pas de Piaf. Tu sais où trouver un tel oiseau, toi ?
C'est là que j'ai lu à haute voix le code du second yaourt.
– Sept – Un – Neuf
– C'est un œuf ? Quoi donc ?
– Le yaourt !
J'ai ouvert le deuxième pot. Il contenait un petit Piaf tout rond, profondément endormi. Nous l'avons sorti délicatement, il a ouvert les yeux et pépié :
– Destination : Laiterie Sainte-Rictude. Validez !

Il nous a semblé que l'heure était bien tardive pour nous lancer dans une nouvelle et périlleuse enquête, et qu'il serait plus prudent d'attendre le lendemain.

Je vous envoie donc ce rapport afin de vous transmettre ces précieuses découvertes, et de vous informer que demain, après avoir pris assez de provisions pour une longue journée, nous allons suivre cette piste prometteuse. Pourvu qu'elle nous permette de retrouver mes parents et Valentine !

Réponse n° 0003-R

Objet : Soyez prudents

De : Amanda Asinov (agent n° 0027),
officier de référence
À : Benjamin Brumm (agent n° 0054)
et Irving (agent n° 0081)

Valentine et vos parents doivent vous manquer.
À quand nos retrouvailles ? Être
enfermé dans ce théâtre, quelle tristesse !
Nos efforts seront bientôt récompensés et vos
parents vont sûrement réapparaitre.
Valentine aussi, bien sûr… Elle
est sans doute importante dans cette affaire.
L'attente me pèse et je suis une piètre
organisatrice. J'espère vous donner
du courage pour triompher de ce
complot.
Ne sont pas drôles sans vous, dès que tout va mieux
venez me retrouver ! Enfin, je sais que vous ne le pouvez
pas encore, mais cela viendra sûrement.
Ici tout va bien.

« Courage, subtilité et acrostiches (1) » !

Amanda.

(1) Cherchez ce mot dans un dictionnaire ou auprès d'un Pluche savant comme le Perroquet-Robert. Cela vous sera très utile.

Rapport N°8

Biscuit du grand large

Objet : Sur la ligne 27bis
À : Laiterie Sainte-Rictude

De : Benjamin À : Amanda
Date : mardi 4 août

J'espère que je vais trouver un moyen de vous faire parvenir ce rapport que j'écris au dos d'un paquet de « Biscuits du Grand Large ». Comme prévu, nous sommes partis hier matin, dans l'espoir de trouver la fameuse laiterie de Sainte-Rictude, en suivant le Piaf découvert dans le pot de yaourt. Je suis persuadé que ce sont mes parents qui ont laissé cet indice à notre intention : moi seul pouvais savoir que ce n'est pas leur marque favorite, et le Piaf devait donc être programmé pour me mener à un endroit important (peut-être le repaire de l'OBSCUR, ou bien un refuge ou même celui où ils se sont cachés ?). Je me suis hélas trompé sur la seconde partie de ce raisonnement, mais mieux vaut vous raconter les choses dans l'ordre...

J'ai donc relâché le Piaf, qui s'est aussitôt mis à voler tout doucement vers la périphérie de la ville.

Objet : Sur la ligne 27bis
À : Laiterie Sainte-Rictude

De : Benjamin À : Amanda
Date : mardi 4 août

Ces Pluches-guides sont vraiment bien conçus : il nous attendait en picorant tous les 50 mètres ! Nous l'avons suivi pendant une bonne heure, avons traversé le pont de fer qui passe au-dessus des carrières blanches, et avons dévalé un étroit chemin qui débouche sur l'ancienne route de Saint-Gilet, celle qui était utilisée avant la construction de l'aérotrain Nordburg-Ostreville.

Le Piaf a fini par s'arrêter dans un abri d'autobus à moitié en ruines, le long d'un bâtiment sinistre, loin de toute habitation.

J'ai tout de suite compris ce qu'il voulait :

– Il doit falloir prendre le bus ici.

Le panneau sur l'arrêt indiquait « 27, destination : Bout des Landes ». Le Pluche s'était collé au fond de l'abri. Nous avons attendu pendant plus de vingt minutes. Il s'est mis à pleuvoir, et nous avions terminé depuis longtemps nos sandwiches aux aubergines grillées et nos panna cottas, quand des phares sont apparus au loin. Hélas : ce n'était pas l'autobus, mais une petite voiture blanche aux vitres couvertes de buée. Elle s'est arrêtée

Objet : Sur la ligne 27bis De : Benjamin À : Amanda
À : Laiterie Sainte-Rictude Date : mardi 4 août

à la hauteur de l'abribus, et la fenêtre s'est ouverte.
La conductrice a commencé à me parler.
Je n'entendais pas bien ce qu'elle disait, à cause du bruit de la pluie et d'Irving qui ronflait, mais j'ai fini par comprendre :
– Y'a plus de bus qui passent ici. Ça fait bien 12 ans. Je peux vous aider ?

Objet : Sur la ligne 27bis
À : Laiterie Sainte-Rictude

De : Benjamin À : Amanda
Date : mardi 4 août

Je me suis souvenu que mes parents m'ont toujours interdit de monter en voiture avec des inconnus. Je lui ai dit :
– Pas la peine, mes parents vont venir nous prendre. Merci, madame.
La dame m'a regardé, elle a haussé les épaules, et elle est repartie.
Je ne savais plus quoi faire. La publicité collée au fond de l'abri était une réclame « Croquettes Tonipluche, la meilleure nourriture pour votre smartfaune », et cet idiot de Piaf picorait avec son bec les croquettes sur la photo.
– Si ça se trouve il nous a amenés ici juste parce qu'il avait faim !
J'ai secoué Irving et je lui ai dit :
– Il n'y a plus de bus. On va continuer à pied !
Il m'a fallu plusieurs minutes pour le convaincre de repartir, car il craignait la pluie. Je n'aurais jamais cru qu'un Pluche et membre du SMACK pouvait être aussi délicat. Mais on a rabattu nos capuches, et on a suivi la route.
J'espérais que le Piaf allait quitter son perchoir, mais il est resté à picorer les croquettes de l'affiche, cet idiot.

Objet : Sur la ligne 27bis
À : Laiterie Sainte-Rictude

De : Benjamin À : Amanda
Date : mardi 4 août

– Tant pis, on continue sans lui.
On a bien marché quatre minutes. À part la dame en voiture blanche, personne ne passe plus sur ces petites routes depuis que l'aérotrain a été construit. J'ai dit à Irving :
– Cette zone, c'est l'endroit idéal pour installer une base secrète.
– Oui. Il suffirait de la dissimuler dans un bâtiment abandonné.
– Comme ce vieux hangar... Oh, mais bon sang !
On s'est regardés, et on est repartis en courant vers l'abribus. À l'intérieur, le Piaf tapait toujours contre le mur du fond. Celui qui donnait sur le grand hangar abandonné. Irving a poussé le panneau à l'endroit où étaient dessinées les croquettes.
Il y a eu un déclic, et le mur de l'abribus s'est ouvert sur l'intérieur du bâtiment.
Le Piaf s'y est aussitôt engouffré.
– On y va ! j'ai dit à Irving.
Je vous laisse, il n'y a plus de place sur le dos du paquet de biscuits. Je vais chercher un autre papier.

POIDS NET
330 GR

Rapport N° 8 (suite)

Voilà ! J'écris ce rapport au dos d'un vieux papier trouvé dans le bureau de la laiterie.
Oui, car c'est bien le laboratoire secret de la Laiterie Sainte-Rictude que nous avons découvert.
On est arrivés dans une grande salle, avec des tables recouvertes de carrelage blanc, des cuves énormes et des tuyaux partout.
L'endroit qu'on cherchait était là, depuis le début !
D'ailleurs, dès qu'il a vu qu'on était entrés, le Piaf s'est envolé et a disparu dans la pluie, preuve que sa mission de guide était terminée.

La laiterie semble avoir été abandonnée depuis pas mal de temps, elle contient plus de toiles d'araignées et de poussière que de yaourts.
On a très vite compris que personne n'était prisonnier dans cet endroit. À mon avis, le SOS trouvé dans le yaourt devait être drôlement ancien, et on est arrivés trop tard. Mais il s'est peut-être passé quelque chose en lien avec notre affaire ici, il y a longtemps.

Irving a observé les machines, et il m'a dit :
– Les incubateurs à Pluches de la ferme de vos parents, Amanda ! C'est ce que les fabricants utilisent pour créer ces animaux artificiels.
J'ai ouvert tous les tiroirs et les placards pour découvrir des indices. Mais il n'y a que des factures de lait et des bons de livraison de yaourts.
Derrière les cuves, le sol est recouvert d'une couche de poussière épaisse comme la meringue sur une tarte au citron (mais moins bonne).
J'allais marcher dedans, mais Irving m'a arrêté.
– Il y a des traces dans la poussière.
Je laisse Irving les dessiner. C'est sans doute une piste !
Oh, et finalement – en pliant le papier sur lequel j'ai écrit ce message, je me rends compte qu'il s'agit d'un courrier qui est en lien avec notre affaire. Je vous laisse le lire, vous vous ferez une opinion.
J'espère retrouver au plus vite Bonny pour vous envoyer tout ça !

Gros Bisous.

Laiterie Ste Rictude

Destinataire : professeur Dagobert

Professeur

En dépit des crédits considérables qui vous ont été attribués depuis votre recrutement par la Laiterie Ste Rictude, vos travaux n'ont pas permis une progression significative de notre production de yaourts. Au contraire, les moyens mis à votre disposition ont été détournés pour des expériences sans lien direct avec notre activité.

Malgré nos avertissements répétés, nous avons la preuve que vous avez profité de notre laboratoire de recherche pour créer plusieurs « Pluches »

contrevenant avec la charte de l'AMOA (Autorité Mondiale des Organismes Artificiels).
Nous nous voyons donc dans l'obligation de mettre fin à votre collaboration, et vous demandons de quitter ce laboratoire dès réception de ce courrier.
Si vous ne suivez pas ces consignes dans les trois jours, nous signalerons vos activités à l'AMOA.

Sèchement

La direction des établissements Sainte-Rictude.

Rapport de mission n° 0009

Objet : La Reine des nuées

De : Benjamin Brumm (agent n° 0054) et Irving (agent n° 0081)

À : Amanda Asinov (agent n° 0027), officier de référence

Rapport tapé à : Nordburg (Grand Théâtre Tortinelli)
Date : mardi 4 août (soir)
Confidentialité : Rien que pour vos beaux yeux

Je suis de très bonne humeur ce soir, car non seulement nous avons réussi à revenir en un temps record à notre Repaire Secret, mais nous sommes arrivés à temps pour assister à un spectacle donné par la troupe du Grand Théâtre Tortinelli !

Irving et moi étions en train de marcher sur la route de Nordburg depuis 5 minutes à peine, quand la voiture blanche que nous avions déjà croisée est repassée dans l'autre sens. La dame nous a reconnus et a proposé de nous amener en ville. Elle avait même un paquet de petits pains au chocolat tout chauds sur le siège arrière ! J'ai déclaré que finalement mes parents n'étaient pas venus nous chercher (c'était la vérité) et je me suis dit que depuis notre dernière rencontre, ce n'était plus vraiment une inconnue et que j'étais maintenant autorisé à monter dans sa voiture.
La dame n'a pas beaucoup parlé, elle nous a juste demandé si notre promenade s'était bien passée et si nous avions trouvé des choses intéressantes. Irving a voulu lui montrer ses dessins, mais je lui ai donné un coup de coude dans le ventre. J'ai expliqué que j'étais juste venu là pour me dégourdir

les jambes, en compagnie de mon Pluche-entraineur sportif. La dame a hoché la tête, preuve que mon prétexte était particulièrement bien imaginé.

Malgré le manque d'indices, cette mission se terminait bien, même si la dame n'a pas voulu que nous mangions les petits pains dans la voiture à cause des miettes.

Nous lui avons demandé de nous laisser près de la gare, et nous avons prudemment attendu qu'elle soit repartie pour nous diriger vers le théâtre, en dégustant nos goûters.

Quand nous sommes arrivés, nous avons croisé Edmond Gogothe, le costumier de la troupe. Il nous a dit que madame Florimont nous cherchait partout. Nous l'avons rejointe dans sa loge, où nous l'avons aidée à mettre son chapeau (si vous vous demandez pourquoi elle avait besoin de notre aide, regardez le dessin d'Irving). La répétition de la nouvelle opérette, « La Reine des

nuées », allait commencer, et la comédienne nous a proposé d'y assister, elle voulait avoir notre avis. J'avais un peu peur qu'on s'ennuie, et qu'Irving me fasse honte en ronflant, mais le spectacle était formidable, et il n'en a pas raté une miette ! C'est l'histoire d'une fée du monde des nuages qui a six enfants très forts et très malins. Mais ils se disputent sans cesse et elle les envoie se fiancer avec les princes et princesses des contrées voisines afin de les séparer. Je n'ai pas tout compris à l'histoire car, comme c'était une répétition, les comédiens passaient leur temps à s'arrêter pour se disputer entre eux, et la moitié ne savaient pas leur texte, mais c'était tout de même une très belle représentation. À la fin ils ont testé la machine qui envoie une pluie de pétales de roses dans les airs et comme elle était réglée trop fort, elle a aussi fait s'envoler la moitié du décor. J'aurais bien aimé que vous soyez à côté de moi pour voir ça. Je vous ai gardé quelques pétales de roses.

La première du spectacle aura lieu bientôt, dès que tous les comédiens connaitront leur texte et que le chapeau à hélice d'Eleonora Florimont sera en état de voler sans faire de terribles nuages de fumée noire.

Avec tout ça, nous n'avons pas eu le temps de faire le point sur l'avancée de notre enquête. J'espère que mes parents ne sont pas prisonniers dans une cave humide pleine de rats où ils attendent qu'on vienne les délivrer, parce qu'on n'a pas plus de pistes que ça, depuis l'échec de Sainte-Rictude.

Je vous tape ce rapport depuis ma loge, et je vais accrocher les feuilles entre elles avec ma nouvelle agrafeuse. C'est déjà ça !

« Discrétion, Efficacité, Perspicacité »

et gros bisous.

LE GRAND THÉÂTRE

Tortinelli

présente en exclusivité

La Reine des nuées

opérette en 3 actes

D'AURORE-GLORIEUSE VAILLANTE

mise en scène :

ELEONORA FLORIMONT

Rapport exceptionnel

Objet : Conversation

De : Benjamin Brumm (agent n° 0054)

À : lui-même

Rapport tapé à : Nordburg (Grand Théâtre Tortinelli)

Date : mardi 4 août (encore plus tard)

Confidentialité : personnel

Je viens d'avoir une longue conversation avec notre protectrice du Grand Théâtre, et je me dis qu'il vaut mieux que je la note avant d'en oublier les détails.

Il était onze heures passées, et je venais de remettre le dernier rapport à Bonny, quand on a frappé à ma porte. J'ai cru que c'était Irving, et j'ai ouvert sans hésiter. C'était en réalité madame Florimont. Elle m'a dit :
– Pardonne-moi, Benjamin il est tard !
– Vous ne me dérangez pas du tout, attendez, je vais vous faire de la place sur cette chaise.
J'étais surtout confus à cause du désordre dans ma chambre, il y avait des notes, des plans et des paquets de biscuits vides un peu partout. J'ai bafouillé :
– Euh, désolé. On n'a pas eu trop le temps de faire le ménage, mais je vais m'en occuper demain. Encore merci de nous avoir prêté ces loges, je…
– Bah, mais ne t'en fais donc pas pour le ménage ! Ce n'est pas pour ça que je viens te voir.
– Vous vouliez savoir comment j'ai trouvé votre spectacle de ce soir ? Épatant, vraiment !

– Vraiment ? Ça me fait très plaisir, Benjamin.
– Et Irving a beaucoup aimé aussi…
Là, Eleonora est restée silencieuse un moment et j'ai pensé que j'avais fait une gaffe. D'habitude, je dis aux gens qu'Irving est mon Pluche chauffeur, ou mon Pluche entraineur de sport, et ça passe. Mais depuis qu'on est arrivés au théâtre, elle a bien vu qu'il ne se comporte pas comme un Pluche normal.
Elle m'a répondu :
– Dis-moi, Benjamin. Ton Irving, là… il n'est pas juste un ours qui porte tes affaires. Il est un peu, hum… amélioré, non ?
Ça n'aurait servi à rien de mentir. Alors, je lui ai tout raconté. Irving qui a été récupéré par les parents d'Amanda (je n'ai pas dit leur nom, quand même), la tentative pour l'enlever, notre fuite, la disparition de mes parents et de Valentine. Et puis j'ai arrêté de parler. Je me suis dit que j'en avais sûrement trop dit. Et si elle faisait partie des gens qui cherchent à capturer Irving ?

Je m'attendais à ce qu'elle m'explique que tout ça était trop dangereux, et que je devrais aller voir la police. Ou à ce qu'elle me pose encore des questions. Mais au lieu de ça, elle m'a demandé avec un air un peu mélancolique :

– Tu n'as pas croisé une… euh… un Pluche nommé Barbara, par hasard ?

Barbara. Ça ne me disait rien du tout. Alors j'ai répondu :

– Barbara ? Ça ne me dit rien du tout. C'est qui ?

– C'est une aigle. Elle doit avoir trois ans, maintenant. Comme ton ours. Elle aussi, elle est spéciale.

– Elle était à vous ?

– Non, elle était à une amie qui a disparu ce printemps. Et je ne l'ai plus revue depuis.

Je n'osais pas trop poser plus de questions, mais elle a dû sentir ma gêne, et elle a continué :

– Cette amie, c'était Aurore-Glorieuse, la compositrice de « La Reine des nuées ». Elle venait de me livrer son opérette, nous devions travailler ensemble tout l'été, mais elle a quitté sa maison brusquement, sans donner de nouvelles. Je ne sais pas ce qui est arrivé à son aigle Barbara. C'était, comme Irving, un Pluche aux capacités exceptionnelles.

J'ai aussitôt pensé aux traces qu'Irving a dessinées à la laiterie Sainte-Rictude. Il y avait celles d'un très gros oiseau… Eleonora semblait si triste en me racontant cette histoire que j'ai juste réussi à lui prendre la main et à la tapoter avec un air gêné. Ses longs cheveux frisés sentaient bon. On est restés un moment comme ça, et puis j'ai bâillé sans faire exprès. Je ne me souviens plus trop bien, mais quand je me suis réveillé, elle était partie. Voilà, je me suis dépêché de tout noter, maintenant je vais me coucher. Demain, je parlerai de cette Barbara avec Irving, c'est encore une piste à suivre.

Rapport de mission n° 0010

Objet : désoLé   pOur les f auTes

De : Irving (agent n° 0081)

À : Amanda Asinov (agent n° 0027), officier de référence

Rapport tapé à : Nordburg (Grand Théâtre Tortinelli)
Date : 5 août (soir)
Confidentialité : comme d'habitude

Bonjour Amanda
C'est la première fois que je ~~tappe~~
tape à la machine et
il faut
excuser mes errreurs car je ne suis pas habitué à
écrire d cettte facon, et les touche de

Bon, j'ai appuyé trop fort sur le levier de la machine et maintenant elle ne marche plus. J'espère qu'on pourra la réparer mais je continue à la main car c'est urgent. Voilà, Benjamin a disparu pendant la nuit. Hier soir après le spectacle il a tapé son rapport et l'a confié à Bonny, puis on est allés se coucher. Un peu plus tard, j'ai entendu du bruit dans sa chambre, la voix de madame Florimont, et ensuite encore des sons de machine à écrire.

Ce matin, je me suis réveillé à 8 h 45 comme d'habitude, je suis allé prendre mon petit-déjeuner à la cuisine du théâtre (sept tartines avec de la confiture, un grand bol de lait avec du miel et une pomme). À 9 h 30, comme Benjamin ne se levait pas mais que j'avais envie de jouer aux dames avec lui, je suis allé frapper à sa porte. Ça ne répondait pas. Je me suis dit qu'il fallait que je sois patient. J'ai réessayé à 9 h 32 et à 9 h 33, et j'ai fini par ouvrir. Le verrou n'était pas mis, le lit n'était pas fait, le pyjama de Benjamin était par terre, et il n'y avait rien, pas un mot ni une explication. Je me demande s'il est parti se promener ou en mission, ou s'il a été enlevé.
Je ne suis pas très habitué à faire les enquêtes tout seul. J'espère que Benjamin va revenir et qu'il ne lui est rien arrivé, mais si à midi je n'ai pas de nouvelles, je vais aller à sa recherche.
Irving.

PS :
J'allais remettre ce rapport à Bonny. En sortant du théâtre, je me suis presque cogné contre madame Florimont, qui rentrait en courant. Elle avait l'air très perturbée, même pour une humaine. Je lui ai demandé :
– Vous savez où est Benjamin ?

– Oui ! J'étais avec lui. Oh, mon pauvre Irving, tu as dû t'inquiéter, il ne t'a donc pas laissé de mot ? Ce matin, je suis venue le chercher pour l'emmener dans un endroit important pour votre enquête. Il est encore là-bas. C'est la maison d'une amie, Aurore-Glorieuse. Nous avons découvert que son aigle Barbara vit encore là-bas, et l'oiseau avait des choses à dire à Benjamin. Il m'a demandé de te prévenir.

Barbara !

Quand j'ai entendu ce nom, des souvenirs vagues sont apparus dans ma tête, comme une odeur de pain d'épices qui vous rappellerait un goûter mangé il y a très longtemps. J'ai dit à madame Florimont que je devais rejoindre Benjamin le plus vite possible. Elle m'a donné l'adresse de la maison : 25 avenue du Bois-aux-Loups. C'est en banlieue ouest, les beaux quartiers. Je vais prendre le tramway, je dépose ce message au relais de Bonny, en espérant que vous le recevrez rapidement.

Rapport de mission n° 0011

Objet : Informations sensationnelles

De : Benjamin Brumm (agent n° 0054)

À : Amanda Asinov (agent n° 0027), officier de référence

Rapport écrit à : Nordburg (Grand Théâtre Tortinelli)

Date : mercredi 5 août

Confidentialité : Rien que pour vos (beaux) yeux

Bonjour Amanda,

Irving vous fait dire qu'il est désolé d'avoir paniqué et envoyé le rapport précédent n'importe comment. Il m'a rejoint chez Barbara, enfin, chez Aurore-Glorieuse. J'ajoute que tout va bien et que j'ai beaucoup progressé. Eleonora m'a donc conduit à la maison de la compositrice de «La Reine des nuées», dans l'espoir d'y trouver des indices. Aurore-Glorieuse a disparu il y a quatre mois, en avril (c'est le mois de mon anniversaire, au fait, d'ailleurs vous ne me l'avez pas souhaité, c'est le 20). C'est une superbe demeure, au cœur d'un véritable petit parc. La porte était grande ouverte. Elle a visiblement été visitée par des intrus depuis que sa propriétaire est partie, car l'intérieur de la maison était sens dessus dessous.
Nous n'avons pas vraiment eu le temps de regarder cela en détail car une aigle est descendue depuis le haut de la grande verrière et s'est posée devant Eleonora. C'était la fameuse Barbara!

– Madame Florimont ! s'est écriée l'oiselle, avec l'accent un peu aigu des Pluches-oiseaux. Je n'espérais plus vous voir ici. Qui est ce jeune homme ?

Eleonora m'a présenté comme un protégé.

Barbara a alors expliqué qu'elle avait des choses importantes à me révéler, et qu'Irving était concerné. Elle le connaissait donc !

Elle a demandé à Eleonora d'aller le chercher au plus vite, vous savez déjà la suite.

Elle m'a raconté énormément de détails sur les débuts de notre histoire.

Barbara, Irving et ma pluche Valentine, la ratonne laveuse adoptée par mes parents, ont tous les trois été créés illégalement dans le laboratoire de la laiterie Sainte-Rictude. C'est Claude Dagobert, scientifique qui travaillait là-bas, qui a utilisé des animaux sauvages, et a essayé d'augmenter leur intelligence et leur capacité à apprendre. Comme nous l'avons tous constaté, son expérience a été un succès.
Le premier « Sur-Pluche » (c'est ainsi que Dagobert a nommé ses Pluches améliorés) était Valentine. D'autres ont ensuite été créés : le renard Phinéas, puis Grim le loup, l'aigle Barbara et enfin notre ami l'ours Irving.
Dagobert a dû arrêter ses recherches lors de son licenciement par la laiterie. C'est là que les choses deviennent plus confuses : cela a provoqué son départ, avec ses créatures, sur une île retirée du monde, où ils sont tous restés quelque temps. Barbara était encore jeune, tout comme Irving, et ils n'ont presque pas de souvenirs de toute cette époque (qui date d'il y a trois ou quatre ans).

L'aigle s'interrompait de temps en temps pour voleter dans le hall et surveiller les alentours à travers les larges fenêtres de la maison. Elle m'a expliqué qu'elle avait à plusieurs reprises mis en fuite des chiens-Pluches qui venaient fouiner dans les affaires de son ancienne maîtresse.
C'est elle qui a vu Irving arriver.
Il a commencé par la renifler un peu, et puis il lui a tendu les bras, très ému.
Mais je ne sais pas si vous avez déjà essayé de faire un câlin à un aigle, ce n'est pas très facile. Il lui a tapoté la tête, et elle a continué son histoire.

Dagobert avait des difficultés à poursuivre ses expériences, faute d'argent : finalement, les premiers Pluches ont été confiés (ou vendus ?) à des scientifiques.
D'abord, Barbara : l'aigle a été remise à Aurore-Glorieuse, qui menait des travaux sur les créatures volantes. Barbara ignore ce que sont devenus ses autres compagnons.

selon Barbara, la disparition de sa maîtresse est liée à tout cela.
Aurore-Glorieuse a dû fuir précipitamment, et nul ne l'a revue depuis avril dernier.
J'ai proposé à Barbara de se joindre à nous pour combattre l'OBSCUR, mais elle a eu l'air de me prendre pour un fou, et a expliqué qu'elle préfère continuer à vivre ici, pour repousser d'éventuels intrus et aussi parce que le parc regorge de succulents rongeurs.

Néanmoins, elle a accepté de passer nous voir après-demain.
Irving et moi venons de rentrer au théâtre, et nous réfléchissons à la meilleure tactique à adopter suite à ces informations. Notre premier objectif est de retrouver l'île dont Barbara a parlé. Si ça se trouve, mes parents sont là-bas !

Je dois vous laisser car Irving réclame de faire sa partie de dames.
« Discrétion, Efficacité, Perspicacité »

et gros bisous.

Réponse n° 0004-R

Objet :

De : Amanda Asinov (agent n° 0027),
officier de référence
À : Benjamin Brumm (agent n° 0054)
et Irving (agent n° 0081)

Ici, tout va bien, même si je m'ennuie.
La vie à la ferme est pour moi une
situation pénible ! J'échangerais un
empire pour être avec vous. Vos parents et
Valentine doivent vous manquer... Ici, on
utilise du papier recyclé : on écrit
notre lettre sur des vieilles factures de la
ferme. Vous pouvez la lire... C'est un moyen
pour économiser le papier. On peut aussi
fabriquer soi même ses feuilles
de papier... Bon, envoyez-moi de vos
nouvelles ! Et la bise à toutes les
Pluches que vous verrez.

Amanda

*PS : lisez bien mes **premiers mots**...*

Annexe 0004-R :
facture sur laquelle Amanda a écrit.

Facture de Taxigogne

- 14 septembre

Transport d'un Pluche-ours (Taille L)
Adresse de départ : Îlot Lincoln
Adresse d'arrivée : Ferme du Haut-Peskio

Prix hors taxes : 36,50 pistoufles
Taxe spéciale sur les Pluches : 3,65 pistoufles

<u>Total : 40,15 pistoufles</u>

Rapport de mission n° 0012

Objet : Des progrès fantastiks

De : Irving (agent n° 0081)

À : Amanda Asinov (agent n° 0027), officier de référence

Rapport tapé à : Nordburg (Grand Théâtre Tortinelli)

Date : 7 août

Confidentialité : comme d'habitude

Bonjour Amanda

Deux jours ont passé depuis mon dernier rapport, et je devine à kel point vous devez être inkiète d'avoir enfin de nos nouvelles. Je le suppose, parce ke moi-même, lorske vos messages tardent trop à arriver, je me fais un sang d'encre.
Imaginez donc la joie ke j'ai eue de recevoir si vite une réponse de votre part.
J'ai été heureux d'apprendre ke tout se passe bien au Peskio ! Et rassurez-vous, je ne manke pas de papier ici, le Théâtre Tortinelli a d'importants stocks de papeterie.

J'ai passé la journée d'hier à l'atelier du théâtre, en compagnie du cuisinier, Jacky Courgette. Il s'occupe aussi de la fabrication des accessoires et de toutes sortes de travaux, car il dit ke « kand on sait préparer une charlotte gratinée aux fèves farcies, on est capable de bricoler n'importe koi ».

Il m'a donc aidé à réparer la machine à écrire, cette bonne vieille Wrestling & Lobster k'Irving a un peu brutalisée en essayant de taper son précédent rapport.

Comme vous le constatez, c'est un succès : elle fonctionne à nouveau, à l'exception de la touche « Cu » (je ne peux pas la taper, du coup, je l'écris en phonétik), ke je décide donc de remplacer par des k, en plus ça gagne du temps.
Maître Courge a même modernisé la machine à écrire, à lakelle il a ajouté une touche « Urgence absolue » ke je ne dois pas actionner, sauf en cas d'urgence absolue. Elle se situe sur le côté gauche et est peinte en Rouge Dracula, une couleur suffisamment vive pour k'on ne riske pas de la frapper par erreur.

Pendant ce temps, Irving lisait votre message d'hier. Il est allé dans la bibliothèke du théâtre afin, m'a-t-il dit, de « faire des recherches ».
Je suis allé le rejoindre une fois la machine réparée, non sans m'être lavé les mains ki étaient enduites de graisse à clavier, car il ne faut pas toucher les livres avec les mains sales.

J'ai découvert mon ours endormi contre le rayon « cartes et atlas ». Je me suis approché sur la pointe des pieds afin de lui faire une farce en le chatouillant sous la truffe. Kelke chose d'incroyable s'est alors passé.

J'avais à peine frôlé son museau ke je me suis retrouvé plaké sur le plancher, les griffes de la patte droite d'Irving sous mon cou et ses crocs menaçants à environ 15 millimètres de mon nez. Constatant ke c'était moi, son ami, il a aussitôt relâché son étreinte et m'a aidé à me relever, tout en s'excusant de m'avoir si bruskement bousculé.

– Je ne savais pas ke tu étais capable de réagir aussi vite, lui ai-je fait remarker.
– Moi non plus, a-t-il répondu.
J'ai eu l'impression ke si je lui rasais entièrement les poils du visage, je découvrirais k'il était devenu rouge de confusion sous son épais pelage.
Mais Irving a retrouvé un air joyeux, et il m'a dit :
– J'ai bien avancé dans notre enkête ! Et c'est grâce au message d'Amanda. Le papier sur lekel elle a écrit sa lettre, c'est la facture du taxi ke j'ai pris il y a trois ans pour venir juske chez elle. Et du coup, ça veut dire ke l'adresse de départ, « Îlot Lincoln », est l'île dont parlait Barbara, là où j'ai grandi avec les autres Sur-Pluches.

Kel coup de chance incroyable ! Vous avez justement pris le papier ki nous donne l'information cruciale pour continuer nos recherches : l'adresse du lieu où toute cette affaire a commencé. Je me dis preske ke vous l'avez fait exprès, mais dans ce cas, vous l'auriez sûrement dit dans votre message.

Irving a cherché des informations sur cette île, et il en a trouvé dans un livre de la bibliothèke.

« L’Atlas des îles de Nordburg et sa région ».
Nous allons l’apporter à Barbara, avec ki nous avons rendez-vous ce soir. D’ailleurs, il est temps ke je termine ce rapport car il va être l’heure d’y aller !

« Discrétion, Efficacité, Perspicacité »

et gros bisous.

Rapport de mission n° 0013

Objet : Absence de produits laitiers

De : Benjamin Brumm (agent n° 0054)

À : Amanda Asinov (agent n° 0027), officier de référence

Rapport tapé à : Nordburg (Grand Théâtre Tortinelli)

Date : 8 août
Confidentialité : comme d'habitude

Amanda

Comme je l'espérais, le rendez-vous avec l'aigle Barbara ce soir a été riche en découvertes.
Nous étions montés sur le toit du Grand Théâtre Tortinelli, jusk'à la plate-forme de décollage du Fernand-Léger. Le Fernand-Léger est le vaisseau aérien du Théâtre, un superbe ballon dirigeable électrik, modèle Robur 47, doté d'une cabine ouverte et d'une passerelle panoramike. Il est utilisé pour faire la publicité des spectacles dans le ciel de la ville, et parfois aussi pour organiser des pik-nik aériens. Eleonora Florimont m'a promis k'elle nous emmènera faire une promenade dans les airs dès k'il y aura assez d'argent dans les caisses du théâtre pour acheter l'hydrogène nécessaire au gonflage des 40 000 mètres cubes du ballon.
Postés sur la passerelle d'embarkement, tout en mangeant des sandwiches au fromage, nous avons pu admirer le soleil couchant. Bientôt, au loin est apparue la silhouette de notre amie ailée, ombre noire se détachant sur le ciel rouge.

Afin d'être certain ke l'aigle nous repère malgré la faible luminosité du crépuscule, j'avais enfilé ma « cape de visibilité », dont j'ai allumé les loupiotes clignotantes. Aussitôt, Barbara s'est dirigée vers nous.

Elle s'est posée avec majesté, puis s'est mise à picorer nos miettes comme un giganteske pigeon, preuve ke même les aigles apprécient les plaisirs simples.

Nous lui avons dit ke nous avions identifié l'île aux Sur-Pluches : il s'agit d'un certain « îlot Lincoln », qui est dessiné dans l'Atlas.

Barbara a bien reconnu ce paysage unike dans la région : une côte bordée de fougères hautes comme des pommiers.

Elle est certaine ke c'est le lieu où elle a grandi, avec les autres Sur-Pluches du docteur Dagobert. Et ce n'est pas du tout une lointaine île exotike, au milieu de l'océan…
Selon l'auteur de cet Atlas, Gédéon Molette, l'îlot Lincoln est une des trois îles du lac Placide, qui occupe le parc municipal Gustave-Dron, au cœur même de notre ville.
« Ne vous fiez pas à son nom », prévient l'auteur du livre : « le lac Placide est de petite taille, mais il est connu pour ses courants inattendus et ses hauts-fonds traitres. Bien rares sont ceux ki osent l'aborder. »
Barbara nous a recommandé la plus grand prudence au cas où nous irions enkêter sur place. Dans son souvenir, l'île est petite, mais entourée de récifs et de falaises abruptes. Personne ne se riske jamais à y aborder : c'est d'ailleurs pour cela ke le laboratoire secret y a été installé. Ki sait ce qui peut s'y cacher de nos jours ? Je crois que l'OBSCUR n'est pas loin !
L'aigle est repartie après cet avertissement sinistre, mais ses paroles n'ont pas réussi à nous décourager.

Nous avons maintenant un nouvel objectif, Irving et moi : nous rendre sur l'îlot Lincoln, y découvrir les secrets des Sur-Pluches, et peut-être – espoir insensé – retrouver mes parents !
Je vous tiendrai au courant de notre plan dès k'il sera au point. Bonny est en bas du théâtre et il attend mon courrier, je le mets sous enveloppe et le confie à ce prompt messager.

« Discrétion, Efficacité, Perspicacité » et gros bisous.

LE GRAND THÉÂTRE
Tortinelli
Nordburg

Rapport de mission n° 0014

Objet : Plan Placide

De : Irving (agent n° 0081)

À : Amanda Asinov (agent n° 0027), officier de référence

Rapport écrit à : Nordburg (ateliers du Grand Théâtre Tortinelli)

Date : 10 août

Confidentialité : comme d'habitude

Bonjour Amanda,

C'est moi, Irving, et je ne peux pas utiliser la machine à écrire pour une raison que je vais expliquer ensuite, alors j'écris ce rapport avec mon stylo préféré sur un papier donné par madame Florimont.

Rapport de mission n° 0014

Depuis qu'on a discuté avec Barbara, nous n'avons pas arrêté d'ourdir et de fomenter. Je ne connaissais pas ces mots avant, mais en gros si j'ai bien compris Benjamin, ça veut dire « faire des plans secrets afin de vaincre l'OBSCUR par la ruse et la surprise ».

Bon, donc nous avons décidé d'aller visiter l'îlot Lincoln, l'endroit où j'ai grandi avec mes quatre camarades Pluches dont j'avais pratiquement oublié l'existence. On espère bien y découvrir des indices précieux, et peut-être retrouver les parents de Benjamin si leur enquête les a menés là-bas !

Mais le problème est de faire cela discrètement. Parce que :

– soit nos ennemis connaissent cet endroit, et ils le surveillent sûrement au cas où on s'y rendrait. S'ils nous repèrent ils peuvent nous tendre un piège, ce qui serait une catastrophe.

– soit nos ennemis ne connaissent pas cet endroit, et s'ils nous suivent on risque de les emmener là-bas, ce qui serait une catastrophe aussi. Donc, pour éviter la catastrophe, nous avons cherché le meilleur moyen de nous déplacer en toute discrétion du théâtre jusqu'au lac Placide.

LE GRAND THÉÂTRE
Tortinelli
Nordburg

Le lac Placide est situé dans le parc Gustave-Dron, et il est alimenté par un cours d'eau, l'Orvet, qui communique avec le fleuve Moussorgski. Si vous avez regardé et mémorisé le plan du théâtre joint au rapport numéro 0006 (annexe 0006-A), vous vous souvenez certainement que le Grand Théâtre Tortinelli dispose d'une sortie fluviale : c'est une salle du sous-sol qui débouche directement sur le fleuve, via un court tunnel. Cette sortie qui servait à débarquer des décors ou des machines livrées par péniche, n'est plus guère utilisée de nos jours, sauf par Edmond Gogothe, le costumier, qui vient parfois y récolter algues et mousses pour fabriquer certaines tenues.
Nous nous y sommes installés et avons conçu les plans du Cachalot, une embarcation sous-marine qui va nous permettre de rejoindre incognito le lac Placide, et de débarquer discrètement sur l'îlot Lincoln, à la faveur de la nuit.
Tandis que je vous écris à la main ce long message, l'agent numéro 0054 (Benjamin Brumm) est occupé à fabriquer cet appareil, grâce aux outils prêtés par Jacky Courgette.

Rapport de mission N° 0014

Je n'ai pas eu le droit de l'aider car selon lui, je suis « trop maladroit ».
En voici les plans, j'espère que vous serez émerveillée par la qualité de mon dessin et par l'ingéniosité de Benjamin. Il a même pris la machine à écrire qui va servir de tableau de bord.
Ah, je l'entends justement crier dans l'atelier !
Je vais voir tout de suite si c'est dû à la joie face à la réussite de son travail, ou s'il s'est une fois de plus donné un coup de marteau sur le doigt.

À bientôt,

~~Irving~~ agent 81

Annexe 0014-A :
Plan du Cachalot, premier appareil sous-fluvial au service du SMACK

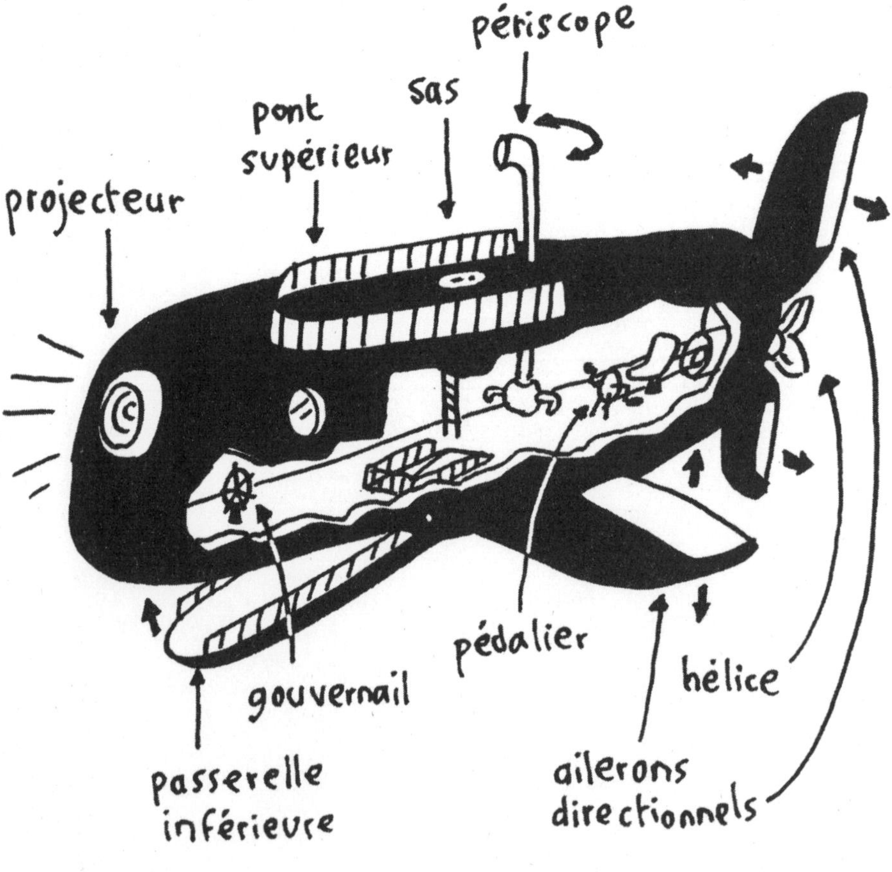

Réponse n° 0005-R

Objet : Détail technique

De : Amanda Asinov (agent n° 0027),

À : Benjamin Brumm (agent n° 0054)
et Irving (agent n° 0081)

Faites un bon voyage dans ce véhicule très impressionnant ! Il vous faudra toute votre attention pour le piloter. C'est important car pour réussir notre enquête, il nous faut tous les indices de l'îlot Lincoln.
Nos échanges sont importants et mes messages doivent être lus attentivement. Ils sont plein d'enseignements. Après les avoir lus, réfléchissez à mes mots. Restez en alerte (voir les niveaux ci-joints). Chaque niveau a un nom, de « marmotte » à « Tigre ». En ce moment c'est « Limace », comme :

Lisez
Intelligemment
Mes
Astucieux
Codes
Ecrits.

Amanda.

Annexe :
Les niveaux d'alerte du SMACK

ROUGE	Terreur du Tigre
ORANGE	Vigilance de la Vipère
JAUNE	Prudence du Poulpe
BLEU	Liberté de la Limace
VERT	Mollesse de la Marmotte

LE GRAND THÉÂTRE
Tortinelli
Nordburg

Rapport de mission n° 0015

Objet : Espoir et déception

De : Irving (agent n° 0081)

À : Amanda Asinov (agent n° 0027), officier de référence

Rapport écrit à : Nordburg (ateliers du Grand Théâtre Tortinelli)

Date : 12 août

Confidentialité : comme d'habitude

Rapport de mission n° 0015

Bonjour Amanda,

Merci pour votre réponse à notre dernier rapport. L'agent 0054 s'est précipité dessus, abandonnant momentanément la fabrication de notre véhicule qui l'occupe jour et nuit (sauf aux heures des repas, et 9 heures par nuit pour dormir un peu).
Notre navire progresse bien, grâce à l'aide de Jacky Courgette. Ils ont décidé une légère simplification par rapport au plan initial (voir annexe), il sera donc baptisé « La Sardine » plutôt que « Le Cachalot ».
Si tout se passe bien, nous prévoyons l'opération « îlot Lincoln » dans la journée de demain.
J'espère vous envoyer un rapport tapé à la machine dès que nous aurons fini cette mission et récupéré notre machine à écrire Wrestling & Lobster. Benjamin vient de l'installer sur le poste de commande de la Sardine et c'est un vrai bijou de technologie.
À bientôt,

Agent 0081

LE GRAND THÉÂTRE
Tortinelli
Nordburg

Annexe 0015-A :

la fabrication du submersible « La Sardine » (ex- « Le cachalot »), un modèle plus modeste et plus discret que prévu initialement.

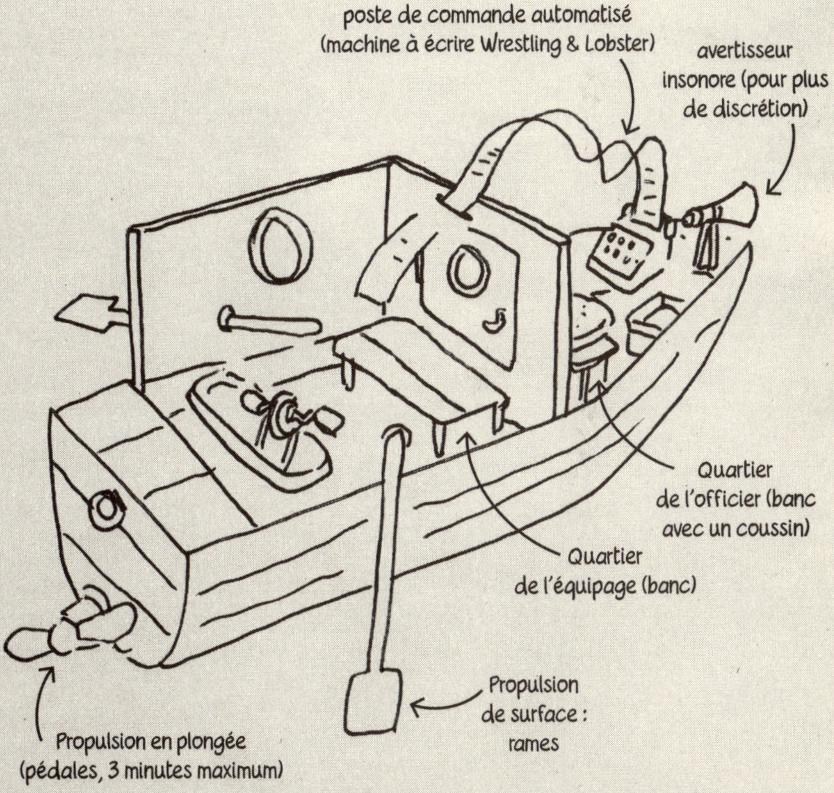

Gaufrette
CROUSTI CROCK

Rapport de mission n° 0016

Objet : Informations sensationnelles

De : Benjamin Brumm (agent n° 0054)

À : Amanda Asinov (agent n° 0027), officier de référence

Rapport écrit sur un récif non identifié, quelque part dans le lac Placide

Date : 13 août

Confidentialité : comme d'habitude

La croisière nocturne afin de rejoindre l'îlot Lincoln, au milieu du lac Placide, a bien commencé.

L'agent 0081 et moi-même avons quitté le théâtre Tortinelli à minuit trois, sans aucun bruit, sauf celui d'Irving qui terminait sa tartine. La Sardine s'est avérée rapide et maniable, surtout grâce à l'agent 0081, particulièrement doué pour ramer. Je lui transmettais mes ordres grâce à la machine à écrire Wrestling & Lobster, ce qui s'est vite avéré peu pratique.
Remontant le courant de l'Orvet, nous sommes arrivés sans effort (surtout pour moi) dans le lac Placide. Les difficultés ont commencé à ce moment-là. Pour plus de discrétion, j'ai mis notre projecteur en mode « feu follet », le recouvrant d'un torchon emprunté aux cuisines du théâtre. La Lune était dissimulée par les nuages, et j'ai dû estimer la direction de l'îlot Lincoln avec une certaine marge d'erreur. Nous avons donc tourné sur le lac un long moment, de plus en plus lentement car les

forces de l'équipage déclinaient. Je commençais à craindre l'échec de cette mission lorsque j'ai entendu un ronronnement à l'arrière de la sardine. Notre embarcation avait repris une vitesse honorable. J'ai deviné que Jacky Courgette avait installé un moteur de secours sur notre véhicule !
Joie de courte durée : ce bruit était en réalité les ronflements de l'équipage, qui ne ramait plus du tout. Mais la sardine avançait tout de même à vive allure, emportée par le courant.
Consultant la carte à la lueur du faible projecteur, j'ai compris que nous étions à proximité des chutes de Mordeflotte, un lieu pittoresque où les eaux du lac font un plongeon de sept mètres, et se fracassent en une impressionnante gerbe d'écume sur les rochers de l'étang sanguinolant.
En dépit du bruit et du tangage, l'agent 0081 ne sortait pas du sommeil. J'ai donc décidé d'un plan B, B comme Bicyclette, et me suis mis à pédaler, afin de passer en propulsion à hélice. J'ai constaté avec joie que la sardine cessait de dériver vers la cascade. J'ai aussi constaté

avec moins de joie que cela n'était pas dû à mon vigoureux pédalage, mais au fait que nous touchions le fond du lac, qui à cet endroit n'est guère profond.

L'impossibilité de manœuvrer dans ces conditions m'a fait prendre une décision pénible : celle d'évacuer le navire.
J'ai donc appuyé sur la touche rouge Dracula de ma Wrestling & Lobster, la fameuse touche « urgence » dont je vous ai parlé, ce qui a déclenché notre évacuation par un ingénieux système de sièges à ressorts.

Rapport de mission n° 0016

L'agent 0081 s'est aussitôt réveillé, car il supporte mal d'être projeté dans les airs et de retomber dans l'eau glaciale. Heureusement, nous avions pied (tout juste en ce qui me concerne), et nous avons pu marcher sur le fond du lac, en direction de la terre la plus proche. Terre d'où je vous écris à la lueur ténue des premiers feux de l'aube. Si mes calculs et mon plan du parc sont exacts, nous sommes échoués sur l'îlot Lincoln. Dès que le soleil brillera suffisamment pour nous guider sans risque, nous partirons à la découverte de cette île mystérieuse où s'est noué le destin d'Irving et des autres Pluches. Peut-être y trouverai-je enfin un indice sur l'endroit où sont mes parents et ma ratonne laveuse Valentine.

À très bientôt avec, je l'espère, de bonnes nouvelles.

Agent 0054

Annexe :
instructions tapées sur la W&L lors de la mission « Lincoln »

avance
avance encore
à tribord
en avant toute
non pas si vite
zut c'est dans l'autre direction.
Demi-tour
ça ne marche pas
à Babord
à Babord
à Babord
à Bobard
arrête de tourner
stop
à Tribord
oh j'en ai marre
Voilà tout droit
en avant toute
plus vite
plus vite
en avant toute
pas si vite
à tribord
en avant toute
cesse de tanguer
légèrement à babord
un peu plus quand même
voilà
en avant toute
ralentis
mais RALENTIS
STOP
keske tu fais
OH il s'est endormi !

Rapport de mission n° 0017

Objet : Compte-rendu des évènements de l'îlot Lincoln

De : Benjamin Brumm (agent n° 0054)

À : Amanda Asinov (agent n° 0027), officier de référence

Rapport tapé à : Îlot Lincoln

Date : 14 août

Confidentialité : maximale

Amanda

Le précédent message, écrit à la va-vite sur le dos d'un paquet de gaufrettes à la noisette, se terminait de façon inquiétante. Je ne suis pas certain que ce rapport soit beaucoup plus optimiste. Enfin, le jour s'est levé. Pardonnez d'avance les éventtuelles fautes de frappe, mais je tremble un peu – pas de peur, mais de froid, car j'ai mis mes vêtements à sécher devant la cheminée.

Lorsque nous avons posé le pied et la patte sur cette île, il faisait nuit noire. La Lune était dissimulée par les nuages. Nous étions trempés et je commençais à être frigorifié.

L'agent 0081 a le regard plus perçant que le mien dans l'obscurité. Il a repéré au-dessus de nous la silhouette d'une tour bâtie sur une butte rocheuse. Nous avons marché jusqu'à sa porte : la serrure était si rouillée qu'un coup de patte d'Irving a suffit à la casser, et nous sommes entrés. J'avais l'espoir de trouver des indices pour notre enquête, et des vêtements secs.

J'ignore si cette île est le repaire de nos ennemis, mais la tour est vraiment obscure, elle ! Après m'être cogné dans un arrosoir et avoir renversé une étagère emplie de bocaux, j'ai heureusement mis la main sur une boîte d'allumettes et une bougie qui m'a permis de m'éclairer un peu.
Côté vêtements secs et confortables, échec total. Mais en explorant le rez-de-chaussée de la bâtisse, j'ai découvert des documents semblant liés à notre affaire (voir annexe A).

Une chambre occupe tout l'étage de la tour, et de sa fenêtre, on apercevait une bonne partie de l'île. Enfin, Irving l'apercevait car moi, je voyais juste la nuit.
Il reconnaissait aussi les parfums : senteurs fleuries des plantes poussant en liberté sur cette terre oubliée des visiteurs et des jardiniers, odeurs des algues le long de la rive, émanations toxiques des produits d'un laboratoire… Toutes ces senteurs lui confirmaient que c'est bien là qu'il avait passé son enfance.

Il était impatient d'explorer l'île. Mais je n'avais pas vraiment envie de le suivre dans la pénombre, avec mes yeux peu aguerris, et mon nez seulement capable de sentir les frites et les beignets. L'ours a finalement annoncé :
– Je vais juste faire une reconnaissance rapide, puis je remonte !

J'ai décidé de faire sécher mes habits en attendant le retour de mon coéquipier. Une cheminée occupait le fond de la pièce. J'ai découvert quatre épais catalogues « Von Skalpel » de matériel pour savants. Il m'a fallu peu de temps pour allumer une flambée avec les volumes I (cages et cadenas) et IV (produits toxiques). Un squelette de zèbre qui décorait la pièce m'a permis d'étendre mes vêtements humides devant le feu.

La lueur dégagée par le feu éclairait assez pour lire les documents découverts dans le bureau. Je venais de commencer quand j'ai entendu un choc sur la fenêtre. Quelqu'un avait réussi à grimper à l'extérieur ! Une tête velue m'observait à travers la vitre. Je me suis plaqué contre le mur. Lorsque j'ai regardé à nouveau, le visage avait disparu. J'ai aussitôt fermé le verrou.
Je commençais à trembler de fièvre et de peur, et mes yeux me piquaient. La cheminée devait être bouchée, car la fumée refluait dans la pièce. J'hésitais à ouvrir la fenêtre, de peur de laisser entrer la créature, mais l'air devenait irrespirable, et j'ai fini par m'y résoudre. Dehors, les premières lueurs du soleil éclairaient enfin l'île.
Tandis que je respirais l'air frais, j'ai entendu juste sous la tour un hurlement lugubre, suivi d'une cavalcade. Était-ce Grim, le Pluche-loup ?

Je l'ignore, pas plus que je ne sais si mon ami Irving est sain et sauf sur cette île démoniaque. Lorsque je me suis retourné, j'ai vu que le courant d'air avait attisé les flammes et que ma chemise avait glissé de la colonne vertébrale du zèbre et pris feu. J'ai tout de même pu récupérer mon pantalon qui était à moitié sec, donc à moitié mouillé, et c'est fiévreux et les jambes humides que j'écris ces lignes.

Mais je ne compte pas m'apitoyer plus longtemps sur mon sort. Le soleil va bientôt se lever, et moi aussi, pour chercher Irving. La devise des agents du SMACK n'est-elle pas « Courage, Ténacité, Persévérance » ? et gros bisous.

Annexe 0017-A :
Documents découverts dans la Tour de l'îlot Lincoln

(date inconnue)

Destinataire : Professeur Dagobert,
Laiterie Ste Rictude, Nordburg

Je vous confirme mon accord pour la mise à disposition de l'îlot Lincoln en vue d'en faire une attraction destinée aux visiteurs du parc Dron. La production de Pluches dans les anciennes serres sera sous votre responsabilité.

Cordialement
Aurore-Glorieuse Vaillante,
administratrice du Parc Dron.

Liste de courses du professeur Dagobert

- DES OUTILS DE JARDINAGE
- CINQ CADENAS. NOTE : TROUVER DES CODES SIMPLES À RETENIR ET DIFFICILES À DEVINER. EDOC ?
- UN CANOT À PROPULSION SILENCIEUSE (PAR PLUCHES-CANARDS ?)
- DES CONSERVES (CONFITURES ET MIEL POUR L'OURSON)
- UNE BROUETTE

Dernière page du carnet de recherches
du professeur Dagobert

JE ME RENDS COMPTE MAINTENANT QUE CETTE EXPÉRIENCE EST UN ÉCHEC – OU PLUTÔT, UNE CATASTROPHE. IL EST PLUS QU'URGENT D'Y METTRE FIN ET DE SÉPARER LES SUJETS AVANT QU'IL SOIT TROP TARD.

J'AI DÉJÀ TROUVÉ LE MOYEN D'EN CONFIER TROIS À DES PERSONNES QUI POURRONT EN PRENDRE SOIN, AVEC DES RISQUES MODÉRÉS. CE SONT DES SCIENTIFIQUES DE MA CONNAISSANCE QUI COMPRENNENT L'INTÉRÊT DE MES RECHERCHES.

IL RESTE À SAVOIR CE QUE JE VAIS FAIRE DU PLUS DANGEREUX DES SUR-PLUCHES. JE NE VOIS PAS D'AUTRE POSSIBILITÉ QUE DE LE GARDER SUR L'ÎLE EN ATTENDANT D'AVOIR UNE SOLUTION SATISFAISANTE.

NB : PENSER À FAIRE RENFORCER LA PORTE DE LA TOUR, LA SERRURE EST EN MAUVAIS ÉTAT.

CLAUDE DAGOBERT.

Rapport de mission n° 0018

Objet : Si près du but

Pour : Amanda
Laboratoire de l'îlot Lincoln,
quelques heures plus tard.

Amanda
Comme pour mes précédents rapports, je me demande comment je vais vous envoyer celui-ci, mais peu importe : il est nécessaire que je l'écrive, afin de laisser une trace de tout ce qui est arrivé sur cette terrible (bien que minuscule) île…

Rassuré par la lumière du matin, je suis finalement sorti, bien décidé à rejoindre Irving. Une piste toute fraiche s'enfonçait dans la forêt. Piste, ou plutôt trouée sauvage : branches brisées, racines arrachées, pierres retournées… la végétation avait été saccagée par une bête féroce. Celle qui avait poussé le cri aux premières lueurs de l'aube ?

Un tel monstre ne fuyait sûrement pas un prédateur. Il devait plutôt poursuivre une proie… et je crains fort que cette proie soit mon pauvre Irving.

Je me suis enfoncé dans la végétation, suivant cette piste chaotique.

Entre les pins aux troncs tordus et les hautes fougères à l'odeur âcre, j'ai progressé assez rapidement. J'ai finalement abouti à un bâtiment en béton, aux fenêtres barrées de grillages. Le laboratoire du professeur Dagobert !

Oh, Amanda ! J'aurais aimé que vous soyez avec moi, car je n'en menais pas large. J'ai poussé la porte, qui n'était pas fermée. La salle est décorée d'animaux empaillés qui lui donnent une ambiance de musée lugubre.

Sur un bureau, j'ai découvert des papiers… Cette fois, pas des vieux documents à moitié effacés : je reconnais des croquis réalisés par Irving, grâce à son style, et aussi à sa signature, « Irving ». Mon ami est donc passé ici il y a peu… Je prends ces notes afin de vous les envoyer dès que possible, et j'y joindrai ces dessins, qui me frappent énormém

Annexe 0018-A :
Dessins réalisés récemment
par l'agent 0081 sur l'îlot Lincoln

Rapport de mission n° 0019

Objet : Retour sur l'îlot Lincoln

Rassurez-vous, Amanda : nous sommes en bonne santé, la preuve c'est que je suis en train d'écrire ce rapport à la suite de mes précédentes notes. Mais je ferais mieux de reprendre mon récit là où je l'ai interrompu.

J'étais en train d'écrire mon rapport, donc, lorsque quelque chose m'a frappé, et ce n'était pas les dessins d'Irving. Sans doute une pelle ; mais sur le coup, j'ai senti un choc sur mon crâne et je suis tombé, inanimé.

La première chose que j'ai vue en me réveillant, ce sont les cages. Quatre cages métalliques de tailles différentes étaient disposées dans une grande pièce plongée dans la pénombre. Et surtout, moi, j'étais enfermé dans la cinquième ! Je me trouvais dans une vaste salle aux murs de béton, seulement éclairée par quelques étroits vasistas. Vous avez été drôlement bien inspirée en nommant nos ennemis « OBSCUR », car cela décrit aussi bien cet endroit que l'état de mon moral à ce moment-là.
Nous étions probablement dans le laboratoire proprement dit, installé dans la cave du bâtiment. Deux imposantes machines trônaient en effet au milieu de la pièce. Elles étaient emplies d'un liquide lumineux qui se vidait goutte après goutte en faisant « plic ! plic ! », ce qui me donna envie de faire pipi. J'ai reconnu des incubateurs à Pluche comme ceux que j'ai déjà vus dans la laiterie Ste Rictude, et dans votre ferme.
Mes yeux s'habituaient à cette pénombre, et j'ai soudain réalisé que le tas de couvertures dans la cage proche de la mienne était la silhouette d'un gros animal endormi, ou plutôt d'un gros agent du SMACK : numéro 0081 !

Aussitôt, je l'ai appelé :

– Irving !

Il m'a répondu par un gémissement ensommeillé.

À l'autre bout de la pièce, quelqu'un s'est exclamé :

– Ah ! Le gamin se réveille.

Cette voix n'était pas humaine : aiguë et assez pénible, elle avait un accent Pluche très net. Une autre créature, dont les mots sonnaient comme des grognements sourds et menaçants, a ajouté :

– Je t'avais bien dit que je n'avais pas tapé trop fort.

J'ai retenu mon souffle.

Les deux compères se sont rapprochés des cages, et dans la lumière verte provenant des machines, j'ai pu les identifier. Un renard, un loup : Phinéas et Grim.

– Et voilà le travail, a dit ce dernier ! Deux prisonniers, grâce à moi. La patronne sera contente… Bons coups de pelle, hein ?

Il n'avait pas tort : et rien que d'écrire ces mots, la bosse qui surmonte mon crâne me vrille d'une terrible migraine. Je crois qu'il est temps que je passe le relais à l'agent 0081.

Nous nous retrouverons bientôt, et je pourrai vous remettre enfin ce rapport en main propre (et douce !)

« Courage, Ténacité, Persévérance ! » et gros bisous.

Rapport de mission n° 0020

Objet : Confiture ou saucisson ?

De : Irving (agent n° 0081)

À : Amanda Asinov (agent n° 0027),
officier de référence

Rapport écrit à : îlot Lincoln

Date :

Confidentialité : comme d'habitude

Bonjour Amanda,

Je sais que Benjamin vous a écrit plusieurs rapports concernant les évènements survenus ces derniers jours sur l'îlot Lincoln, et en particulier dans l'ancien laboratoire du professeur Dagobert.
Benjamin m'a passé le relais pendant qu'il fait la sieste.

Je l'avais donc laissé dans la tour où il faisait sécher (puis brûler) ses habits, tandis que je me livrais à une rapide reconnaissance des lieux.

Cette nuit a été une terrible épreuve. Les sons et les parfums de cet îlot envahi par la végétation me replongeaient dans mon enfance, lorsque je n'étais qu'un ourson. Je me sentais à nouveau petit et vulnérable, entouré de créatures mystérieuses qui avaient sur moi pouvoir de vie et de mort. Abandonnant mes projets d'exploration, je me suis contenté de me dissimuler aussi bien que je le pouvais sous les fougères géantes.
Au petit matin, je me suis retrouvé presque à mon point de départ : face au promontoire rocheux sur lequel est bâtie la tour où Brumm m'attendait.

Derrière moi, les premiers rayons du soleil levant éclairaient la nature. Et c'est alors que j'ai aperçu le monstre – ou plutôt, son ombre se découpant sur la paroi de la falaise.

Cet être était si grand et menaçant que je préfère ne pas imaginer ses traits en détail. Des pattes formidables prolongées de longues griffes acérées. Deux oreilles surmontant une tête arrondie. Il devait être derrière moi, éclairé par le soleil levant.

Je me suis tourné lentement pour essayer de l'apercevoir, et en même temps, l'ombre aussi s'est mise de profil. J'ai poussé un cri de terreur, et j'ai fui à travers la forêt. Griffé par les branches, les pattes meurtries par les ronces et les rochers, j'ai foncé afin de mettre le plus de distance possible entre moi, pauvre ourson, et la terrifiante apparition.

Je me suis retrouvé devant une construction plus basse que les arbres : le laboratoire où j'avais grandi.
La présence d'une brouette et de divers outils me laissa penser qu'il était encore habité. Derrière moi, la forêt me semblait plus redoutable que ce lieu civilisé.
Je suis entré.
J'étais dans une vaste salle, dont un mur entier était occupé par des dizaines de petites créatures empaillées : oiseaux, lapins, souris, castors, belettes...
Je me suis mis à fouiller les meubles, espérant découvrir des éléments importants. Hélas : pas un pot de miel, pas la moindre trace de biscuits ou même de fruits secs !

Le matériel de bureau était abondant, en revanche.
J'ai saisi un stylo et dessiné mes souvenirs de cette nuit, en particulier le monstre que je venais de fuir. J'étais en train de terminer ces croquis quand un bruit de pas au-dehors m'a alerté.

Aucune cachette en vue ! Pris d'une inspiration soudaine, je me suis plaqué contre le mur parmi les animaux empaillés. Figé parmi les autres bêtes, je passais totalement inaperçu.

Juste à temps ! Phinéas, le renard, est alors entré dans la pièce. Il est passé près de la table sans prêter attention à mes dessins, ce qui m'a un peu vexé. Puis il a tourné les yeux vers moi et a hurlé : « Alerte ! L'ours ! » Comment avait-il remarqué ma présence parmi les bêtes naturalisées ? Sans perdre de temps à répondre à cette question, je l'ai bousculé et je suis sorti. Un objet dur et lourd comme une pelle a alors heurté mon crâne, me précipitant à terre et dans l'inconscience.

À mon réveil, j'étais enfermé dans une cage, et j'entendais trois personnes discuter autour de moi. L'une d'elles était l'agent 0054, mon ami Brumm ! J'étais heureux de le savoir en vie et près de moi. Mais triste de le découvrir prisonnier lui aussi.
Leur conversation n'a pas duré longtemps. Benjamin tentait de leur soutirer quelques informations sur notre sort et celui de ses parents.
Le renard se contentait de lui répondre sur un ton moqueur, que je connaissais bien :
– Ah ! Ce n'est pas drôle, hein, d'être enfermé dans une cage ! Eh oui, humain, voilà ce que ça fait d'être esclave !
– Je ne vous veux aucun mal ! Tout ce que je demande, c'est de retrouver mes parents !
Le loup s'est mis à grogner. Lui aussi revenait à mon souvenir : Grim, bête et brutal, il aimait me bousculer quand je n'étais qu'un ourson.
– Ta famille mérite ce qui lui est arrivé ! Ce sont tes parents qui ont créé les Pluches, non ?
Je me suis levé, enfin j'ai essayé de me lever car la cage ne me permettait pas de tenir debout, et j'ai dit :
– Les parents de Benjamin n'ont jamais maltraité personne ! Ils sont charmants !

– Irving ! Tu es réveillé ! s'est exclamé mon ami.
Puis il a jouté :
– Mais comment peux-tu dire que mes parents sont charmants ? Tu ne les as jamais vus.
– Eh bien, je suppose qu'ils sont charmants ! Tu m'as parlé d'eux souvent. Mais la prochaine fois je ne prendrai pas leur défense, si c'est comme ça.
– Oh, mais ne te vexe donc pas !
Brumm s'est retourné vers nos ravisseurs en demandant :
– Et puisqu'on parle de mes parents, où donc les avez-vous mis ? Sont-ils aussi prisonniers ici ?
Mais ni le loup ni le renard n'ont répondu : ils avaient quitté la pièce pendant que nous nous disputions.
Je regrettais qu'ils soient partis si vite, car j'avais moi aussi de nombreuses questions à leur poser, et aussi parce que j'aurais voulu leur demander une tartine de confiture. À moins que ce soit déjà l'heure du déjeuner, dans ce cas un sandwich au saucisson aurait été le bienvenu.

Rapport de mission n° 0020 (suite)

Objet : Jeux de mots

De : Benjamin Brumm (agent n° 0054)

À : Amanda Asinov (agent n° 0027), officier de référence

Rapport tapé à : Nordburg

Date : 17 août

Confidentialité : maximale

Amanda,

Mon mal de tête s'est un peu calmé, et c'est l'esprit clair et la main sûre que je peux continuer mon rapport.

Une porte a claqué avec un sinistre bruit métallique. Phinéas le renard et Grim le loup venaient de quitter le sous-sol, où nous étions prisonniers.

J'étais à nouveau seul avec Irving. Je me suis aussitôt mis à chercher comment ouvrir nos cages ; hélas, elles étaient solides et fermées par de puissants cadenas.

Des cadenas… Je me suis alors souvenu de la liste de courses du professeur Dagobert, qui en avait commandé… Oui, c'était ce matériel, destiné à enfermer les cinq Sur-Pluches qu'il avait créés, qui nous retenait maintenant prisonniers.

Je me mis à examiner le cadenas qui fermait ma cage. Il comportait quatre molettes sur lesquelles étaient gravées des lettres de l'alphabet. Pas besoin de clé pour les ouvrir !

– Il faut trouver le mot de 4 lettres qui compose le code ! Hé ! Hé ! seulement quatre lettres… il n'y a qu'à essayer toutes les combinaisons. Il suffit d'être organisé.

J'ai donc commencé par A A A A, mais mon cadenas ne s'est pas ouvert. Pas plus avec A A A B, puis A A A C… Irving m'a alors expliqué :

– Il y a 456 976 combinaisons. En en essayant une par seconde, il te faudra huit ans, quatre mois, une semaine et sept jours pour les essayer toutes. Sans jamais dormir ni manger.

Je me suis rassis, mon enthousiasme brusquement retombé.

– Hum. C'est trop long. J'aurai faim avant…

Un détail m'est alors revenu à l'esprit. Sur sa liste, Dagobert avait noté « Trouver des codes simples à retenir et difficiles à deviner ». Et puis un mot bizarre, inconnu… Doc ? Non, il avait quatre lettres. J'ai fermé les yeux et tenté de revoir le papier dans ma mémoire. Et je me suis souvenu que je l'avais glissé dans ma poche avec les dessins d'Irving afin de vous l'envoyer. Je l'ai déplié et relu.

Le mot noté par le professeur était EDOC !

Aussitôt, j'ai tourné les roulettes du cadenas pour aligner ces quatre lettres. Mais aucun cliquetis n'est venu souligner ma victoire. Il ne s'ouvrait toujours pas. J'ai grogné :
– « Edoc, Edoc » ? C'est un code facile à retenir, ça ?
– Ben oui, a fait Irving. C'est « code » à l'envers.
– Hum… intéressant. Dagobert n'aurait pas mis le même code à chaque cage. Il a sûrement personnalisé les codes, un pour Irving, un pour Grim, un pour Phinéas…
Une idée m'est alors venue.
– Edoc, ce n'est pas le code ! C'est juste ce qui lui est venu à l'esprit. La façon de trouver le code ! Il a inversé les lettres du mot code. Il faut inverser les lettres d'un mot qui correspond à chaque cage.
Je me suis remis à manipuler les lettres du cadenas, tout en réfléchissant à voix haute.
– Ma cage est un peu plus petite que la tienne, Irving. Ça devait être celle de GRIM. Alors, si j'inverse l'ordre de ces lettres… M-I-R-G !
J'ai affiché ces quatre lettres sur mon cadenas, mais rien ne s'est passé : il restait verrouillé.
J'ai continué à réfléchir… Grim est un LOUP… À l'envers, cela fait PUOL.

Vite, j'ai tourné les molettes… P, U, O, L… OUI ! Un déclic s'est produit dans les rouages du petit appareil ! J'ai poussé la porte de ma cage et je me suis rué dehors, en murmurant à Irving :

– « Ours » à l'envers ! Vite !

Aussitôt, il s'est mis, tel un acrobate, jambes en l'air, la tête en bas.

J'ai soupiré et j'ai composé moi-même « SRUO » sur son cadenas. J'ai ouvert sa porte, et il est sorti en marchant sur les pattes avant.

Nous étions tous les deux libres !

Libres… enfin, libres dans le laboratoire. Mais comment quitter le bâtiment, et surtout, cette île maudite ?

Rapport de mission n° 0020 (encore)

Objet : dessins de combat

De : Irving (agent n° 0081)

À : Amanda Asinov (agent n° 0027), officier de référence

Rapport écrit à : îlot Lincoln
Date : 17 août
Confidentialité : comme d'habitude

Amanda,
J'ai demandé à l'agent 0054 l'autorisation de continuer ce rapport à sa place, car je tiens à ce que les évènements qui suivent, et dans lesquels j'ai joué un rôle important, soient relatés avec précision et clarté.

La mémoire de mes jeunes années est très vague. Je me souviens maintenant de mon séjour dans cette cage de métal, de mes voisins le loup Grim et le renard Phinéas. Une autre silhouette me revient à l'esprit, plus floue : celle du professeur Dagobert, qui s'occupait de nous pendant cette captivité.
À vrai dire, lorsque je tente de me remémorer des moments de cette période bien peu joyeuse, je revois sa silhouette vêtue d'une blouse blanche, penchée sur les appareils scientifiques dont l'usage m'échappait totalement. Et parfois aussi ses mains délicates me tendant ma nourriture et – cela je m'en rappelle avec précision – me prodiguant quelques caresses étonnamment affectueuses. Mais de son visage, de sa voix ou de son odeur, aucune trace nette dans ma mémoire. Pas plus que de la présence de Valentine et Barbara, qui devaient pourtant être à mes côtés puisque des cages plus petites se trouvaient dans le laboratoire.

Mais je reprends la description des évènements... Brumm et moi enfin sortis des cages, j'ai eu le droit de me remettre sur mes pattes arrière. Et nous avons monté l'escalier de béton qui menait vers la sortie, en prenant garde à ne faire aucun bruit.

En haut des marches, un obstacle se dressait entre la liberté et nous : une épaisse porte métallique. L'agent 0054 a tourné la poignée, et pour notre plus grande joie, elle s'est ouverte : nos ennemis avaient tellement confiance en leurs cadenas qu'ils n'avaient pas pris soin de la fermer à clé. À vrai dire aucune porte ne semblait fermée sur cette île.

Nous avons traversé la salle aux animaux empaillés aussi vite que possible, Benjamin est allé droit vers la porte qui mène à l'extérieur, mais j'ai réalisé que mes dessins étaient toujours éparpillés sur la table. J'ai fait demi-tour pour les récupérer. Cette imprudence a failli nous être fatale.

Alors que je ramassais mes croquis, j'ai entendu des cris : Benjamin appelait à l'aide. Je me suis précipité pour lui porter secours. La partie était mal engagée.

Benjamin était menacé par Grim et Phinéas. Il s'était réfugié derrière une brouette emplie de vieux outils. Mais une brouette n'est pas vraiment une forteresse.

En me voyant arriver, Phinéas le renard a crié à son compère :
– Grim ! L'ours ! Règle-lui son compte.
Le loup s'est retourné vers moi, crocs en avant, brandissant sa pelle. J'ai cherché autour de moi un objet pouvant me servir d'arme, en vain. J'ai alors roulé mes dessins bien serré, et je me suis préparé à un duel inégal.

À ce moment, un cri est venu de derrière les arbres :

– Irving ! Par ici !

Une femme venait de surgir de derrière les fougères.

Je connaissais sa voix...

– La dame de l'arrêt de bus ! s'est exclamé Benjamin.

Il avait raison : c'était bien la femme qui nous avait transportés après notre visite à la laiterie Sainte-Rictude.

Cette alliée inattendue a enhardi mon camarade, qui a sauté dans la brouette et s'est mis à lancer sur les deux autres assaillants les pots de fleurs qui s'y trouvaient, tandis que je faisais des grands moulinets pour tenir Grim à distance.

Profitant de l'hésitation de nos ennemis, j'ai saisi les poignées de la brouette, pour évacuer mon ami Benjamin.

La dame s'est mise en travers du chemin des deux Sur-Pluches, avec un air menaçant et un arrosoir.

Elle nous a crié :

– Filez ! Je les retarde !

– Avec un arrosoir ? a ricané Phinéas.

BONG ! a fait l'arrosoir en s'écrasant sur sa tête.

Benjamin a demandé :

– Qui êtes-vous, madame ?

– Mon nom est Dagobert. Claude Dagobert !

Benjamin a mis un moment à comprendre que le savant dont nous suivions les traces depuis des jours était en réalité une savante. Elle a ajouté :

– Vous trouverez toutes les réponses dans ce carnet ! Allez à la tour !

Tout en faisant des moulinets avec son arrosoir afin de tenir à distance les deux Pluches, elle a lancé un bloc-notes, qui a atterri dans la brouette.

Je ne comprenais pas vraiment comment nous pourrions nous enfuir de l'île en passant par la tour, mais Dagobert semblait tellement sûre d'elle que j'ai suivi ses instructions.

J'ai donc poussé vigoureusement la brouette et son passager vers la haute bâtisse...

Une bonne surprise nous y attendait.

Un navire volant était amarré au sommet. Le dirigeable Fernand-Léger ! Sur sa passerelle, madame Florimont agitait les bras en nous appelant. Jacky Courgette nous a lancé une échelle de corde, et nous sommes montés les rejoindre.

Sans perdre un instant, Jacky a mis le moteur en marche. Tandis que le dirigeable s'éloignait de l'îlot Lincoln, Eleonora nous a donné des gaufres.
Benjamin a ouvert le carnet du professeur Dagobert, impatient de lire son contenu.
– On va enfin tout comprendre à cette histoire !

Annexe 1 :
Carnet de Claude Dagobert
« Réponses à toutes les questions »

Ce petit cahier donne en effet beaucoup de réponses. Le seul problème, c'est qu'on ne sait pas à quelles questions...

Réponse 1 :

Il faut modifier la structure de l'ADN conformément aux travaux d'Asinov et Schwartze (cf dossier « Sur-Pluche 2-3-5) dans mon classeur vert.

Réponse 2 :

« Une chanson douce ».

Réponse 3 :

Compter 27 jours d'incubation accélérée.

Réponse 4 :

Ajouter 1/2 poireau et un oignon jaune.

Réponse 5 :

Le bus 27, arrêt « Francis Tabouret ».

Réponse 6 :

« Lepus ».

Réponse 7 :

Entre 12 et 15 minutes.

Réponse 8 :

Phinéas gagne 2 fois sur 5.

Réponse 9 :

Deux incubateurs Supernature «EGG 3000 Deluxe» d'occasion, modifiés par mes soins.

Réponse 10 :

Prévoir aussi d'épaisses chaussettes.

Réponse 11 :

Le détonateur se trouve dans la cave. Manier avec précaution.

Réponse 12 :

Repasser à fer doux.

Réponse 13 :

Un banjo et deux accordéons.

Réponse 14 :

Le Projet V est le plus dangereux.

Réponse 15 :

Un verre d'eau par jour.

Réponse 16 :

Brumm + Sur-Pluche ont pris l'autocar Nordburg-Peskio – 21 h le 26 juillet. Interception à leur arrivée ?

Réponse n° 0006-R

Objet : Détail technique

De : Amanda Asinov (agent n° 0027),
officier de référence
À : Benjamin Brumm (agent n° 0054)
et Irving (agent n° 0081)

Chers agents,

Les derniers évènements sont inquiétants. Ces
machines de l'îlot Lincoln sont un mystère : à quoi
servent-elles ? Le carnet avec ses « réponses
à toutes les questions », Dagobert a dû le
créer pour s'amuser. Restez donc éloigné
des lieux où vous risquez de croiser des
Pluches hostiles. Ces créatures viennent de bêtes
sauvages : c'est une infraction à la première règle de
la Smartfaune.
Dernière chose : désolée de vous écrire si peu, ma
réponse doit vous paraître bien inutile. Mais lorsque je
parle, n'oubliez pas que je vous demande
de lire le plus important, donc les premiers mots que
vos yeux rencontrent. Continuez à remonter la piste, vos
parents espèrent vous revoir en bonne santé, et moi aussi.

Amanda **Crostiche**.

LE GRAND THÉÂTRE
Tortinelli
Nordburg

Eleonora Florimont, comédienne
pour mademoiselle Amanda Asinov

Théâtre Tortinelli, le 17 août

Bonjour mademoiselle Amanda,
J'ai découvert votre adresse dans un message laissé par votre ami, Benjamin Brumm, qui me demande de vous contacter en cas de nouvelle urgente, de grave danger, ou si je désire passer un séjour agréable dans une ferme à la montagne.
La première condition – nouvelle urgente – me paraît remplie, c'est pourquoi je vous envoie cette missive, confiée aux bons soins du lapin Bonny dont monsieur Brumm m'a recommandé le service.
Mais vous vous demandez peut-être qui je suis. Au cas où Benjamin n'aurait pas pu vous raconter les évènements de ces derniers jours, en voici mon récit.

Hier matin, j'ai été réveillée à l'aube, non par le parfum capiteux des rhododendrons en fleur sous ma fenêtre, mais par les cris affolés de monsieur

Courgette, le cuisinier du théâtre. Tandis que j'avalais rapidement une tasse de thé au gingembre « Colonel Voroneff », il m'expliqua que notre protégé, Benjamin, était parti en compagnie de son ours nommé Irving, à bord d'une embarcation de sa fabrication. Monsieur Courgette semblait fort peu convaincu de la capacité de la « Sardine », le navire en question, de garantir la sécurité du garçon et de son Pluche.

J'ai aussitôt décidé de monter une expédition de secours. Monsieur Courgette a retrouvé dans la salle des machines un plan de navigation très clair : la destination de nos jeunes amis était l'îlot Lincoln, au centre du lac Placide, inaccessible par des chemins terrestres. Ne possédant pas de bateau pour les rejoindre par les voies navigables, nous avons choisi d'emprunter le ballon dirigeable Fernand-Léger, utilisé pour la publicité aérienne de nos spectacles.

Il nous a fallu de longues heures pour nous procurer le gaz destiné à notre vaisseau aérien, et pour en gonfler l'immense enveloppe (sans compter les travaux de colmatage des fuites par l'audacieux Edmond Gogothe, notre costumier, qui a dû sacrifier sept tenues de sirènes de notre

LE GRAND THÉÂTRE
Tortinelli
Nordburg

réserve afin de réparer les parties endommagées du ballon).
Je vous passe les péripéties du décollage depuis les toits du théâtre, et de la navigation au-dessus de la cité. Avec l'aide de monsieur Courgette, j'ai mené le dirigeable à l'îlot Lincoln. Le navire de nos amis, la Sardine, échoué à proximité de l'île, nous a indiqué que nous étions sur la bonne voie. Hélas, la nature sauvage et rocailleuse de ce lieu battu par les vents ne nous a pas permis de poser notre engin gonflable. Nous envisagions que monsieur Courgette descende par l'échelle de corde afin de partir à la recherche de nos amis, et allions tirer à la courte paille pour savoir lequel se chargerait de cette mission, quand une femme nous a interpellés depuis le rivage.
Elle nous a priés de jeter l'ancre sur la petite tour au centre de l'île, et a ajouté :
« Je vais ramener les deux nigauds, et je vous les confie ! Tenez-vous prêts ! »
Rassurée par l'air énergique de cette femme, j'ai proposé à monsieur Courgette de préparer du thé, que nous avons dégusté en attendant nos jeunes protégés. Mais les bruits d'une bataille

nous ont bientôt mis en alerte. Impossible de voir ce qui se passait sous l'épaisse forêt de fougères géantes ; mais soudain, nous avons entendu des cris atroces. Nous étions sur le point de descendre afin de porter secours à nos amis, quand nous avons vu arriver Irving, qui poussait Benjamin Brumm dans une brouette : c'est ce véhicule rouillé qui émettait les abominables grincements que nous avions confondus avec des hurlements.

Nous avons promptement hissé à bord les deux naufragés.

Il était évident que Benjamin avait besoin de repos.

Il a dormi presque sans arrêt depuis son retour, avec une pause pour manger deux assiettes de macaroni au gratin, au cours de laquelle il n'a prononcé que ces quelques mots :

« Peskio »

« Amanda »

« Rien que pour ses beaux yeux ».

J'ai donc décidé de le laisser dormir autant que nécessaire, tout comme son ami Irving, qui malgré sa carrure d'ours avait lui aussi grand besoin de repos. Peut-être était-ce une erreur de ma part !

LE GRAND THÉÂTRE
Tortinelli
Nordburg

Toujours est-il que, ce matin, j'ai eu la surprise d'être réveillée par des aboiements aussi nombreux qu'agressifs. J'ai juste pris le temps d'enfiler un peignoir de soie, et je me suis rendue en hâte dans le hall du Grand Théâtre Tortinelli, pour y découvrir un spectacle désolant. Une horde de Pluches, des chiens de garde du modèle « Bontoutou » me semble-t-il, tentaient de gagner les étages supérieurs où se trouvent les loges et donc les chambres de nos deux amis.
Armés de leur courage et de balais, deux employés, messieurs Courgette et Gogothe, ont repoussé les assauts de ces créatures hargneuses.
Je suis aussitôt montée vers les loges afin de prévenir mes jeunes protégés et de les mettre en sécurité. La chambre de Benjamin était vide ! Un carton posé sur son lit expliquait en quelques mots cette absence : je le joins à ce courrier.
Je compte sur vous pour transmettre mes salutations à vos deux courageux amis dès que vous les verrez, et pour les convaincre de revenir aussi vite que possible à bord du Fernand-Léger.
Dites-leur que les Bontoutous qui avaient tenté de prendre d'assaut le théâtre sont partis après

avoir été grondés par monsieur Gogothe et nourris de quelques saucisses par monsieur Courgette.
J'ai un besoin impératif de notre véhicule aérien car la première représentation de notre spectacle « La Reine des nuées » approche, et il est un élément important de ce spectacle. Vous êtes la bienvenue si vous désirez les accompagner, je joins d'ailleurs trois invitations à cette lettre.
Votre ami est un jeune homme très brave, et il a un sourire des plus charmants. Je vous souhaite, chère Amanda, une journée radieuse.

EF

Annexe 1 : mot découvert sur l'oreiller de Benjamin BRUMM

Chère madame Florimont,

Pardonnez-nous de partir si vite et sans prendre le temps de vous remercier pour toutes vos bontés. La lecture du dernier message d'Amanda nous a fait comprendre des choses importantes sur ceux qui nous menacent. Nous pensons être en danger même au théâtre. La clé de toute cette affaire est sans doute chez elle, au Peskio. Nous vous empruntons votre ballon dirigeable afin d'aller aussi vite que possible, mais nous vous le rendrons en bon état d'ici très peu de temps.

Avec toute ma gratitude,

Benjamin Brumm

PS On prend aussi quelques provisions, dites à monsieur Courgette qu'on le remboursera.

Irving

Annexe 2 :

REPRÉSENTATION
exceptionnelle de
La Reine des nuées

mise en scène :

ELEONORA FLORIMONT

texte :

AURORE-GLORIEUSE VAILLANTE

Grand Théâtre *Tortinelli* / le 29 août, 20 h

INVITATION VALABLE POUR DEUX PERSONNES ET UN OURS.

Claude DAGOBERT
docteure es-sciences
diplômée de l'Université de Nordburg

le 17 août

Bonjour Amanda

Vous ne me connaissez pas mais vous avez déjà entendu parler de moi par votre ami Benjamin Brumm, ainsi que par votre Pluche Irving.
Sans doute avez-vous de ma personne une image plutôt négative : après tout, je suis la scientifique qui est à l'origine de tous vos soucis. J'en suis désolée.

À l'heure qu'il est, vos amis sont peut-être en train de vous raconter leur version de cette affaire. J'aimerais pouvoir leur expliquer comment tout cela a commencé, mais j'ignore où ils se cachent, et c'est aussi bien car cela veut dire que nos adversaires communs, les « Sur-Pluches », ne le savent pas non plus. Je vous envoie donc ce courrier à votre domicile, en espérant que vous êtes toujours là-bas.
J'ai conservé l'adresse de vos parents depuis le moment où je leur ai confié l'ourson Irving, qui a bien grandi depuis.

Oui, c'est bien moi qui ai imaginé et créé Irving et les autres « Sur-Pluches », enfreignant les règles de la Smartfaune, à commencer par la première : Ne jamais fabriquer de Pluches à partir d'espèces sauvages.

Cette loi n'a pas été édictée au hasard. Les premières expériences sur les Pluches, menées il y a plus de vingt ans, ont montré que ceux créés à partir d'animaux sauvages sont plus difficiles à contrôler, et appliquent rarement les six lois de la Smartfaune. Mais toutes ces espèces ont aussi un bien plus grand potentiel d'apprentissage.

J'ai créé des Pluches à partir d'animaux parfois féroces, comme le renard, le loup et d'autres encore. Bien entendu je ne les ai pas déclarés à l'AMOA (Autorité Mondiale des Organismes Artificiels) et encore moins dotés de dispositifs d'identification.

Pourquoi ai-je commis toutes ces entorses aux règles et lois en vigueur ?

Parce que...

j'ai honte de l'avouer...

... mais la vérité doit être connue...

... je m'ENNUYAIS.

Être chercheuse dans le laboratoire d'un fabricant de yaourts, ce n'est pas à cela que je rêvais quand j'étais étudiante. À l'Université de Nordburg, j'avais côtoyé les plus grands savants, ceux qui ont mis au point les animaux améliorés. Vos parents, Amanda : Susan et Isaac Asinov, et ceux de Benjamin, Marthe et Jean-Joseph Brumm. J'ai participé à leurs travaux, très humblement, alors que j'étais une débutante...

J'ai vu aussi comment leurs inventions ont été copiées par de grandes compagnies sans scrupules, et comment les Pluches, qui devaient être un nouveau pont entre les humains et les bêtes, sont devenus des esclaves mignons chargés de nous distraire et de nous servir.

Alors qu'on me payait pour améliorer le lait des vaches, j'ai utilisé mon temps et mon laboratoire pour trouver quelque chose de plus pur, de plus naturel. J'ai voulu donner la pensée et la parole à des bêtes sauvages. Je me disais qu'il était temps d'écouter les Pluches, plutôt que de leur donner des ordres.

Mais j'ai vite compris que mes créatures étaient dangereuses.

Après les avoir gardées quelques années sur l'îlot Lincoln, je me suis décidée à m'en séparer de peur qu'elles ne tombent en de mauvaises mains. J'ai donné les plus inoffensives à des personnes de confiance, des scientifiques capables de comprendre mon projet. J'ai cédé l'aigle Barbara à l'artiste Aurore-Glorieuse Vaillante, une amie d'enfance qui avait depuis toujours la passion des créatures volantes. J'ai proposé aux parents de Benjamin, les Brumm, de s'occuper de la maligne Valentine, espérant que leur joyeuse fantaisie distrairait assez cet animal pour lui faire oublier ses penchants malhonnêtes. Quant à l'ourson Irving, dès qu'il a été assez grand pour se débrouiller, je l'ai envoyé loin des dangers de la ville, chez vos parents qui tenaient une ferme de Pluches expérimentaux : je savais qu'ils seraient discrets et pleins de bonté pour ce personnage délicat mais à la force redoutable.

Quant aux deux autres, Phinéas le renard et Grim le loup, je les jugeais trop imprévisibles pour m'en séparer, et les ai gardés sous ma surveillance dans mon laboratoire de l'îlot Lincoln. Lorsque j'ai compris que Benjamin et Irving enquêtaient sur eux, j'ai renforcé cette surveillance, heureusement pour vos amis.

J'ai remarqué l'arrivée de ces derniers lors de leur retour à Nordburg, et les ai suivis disrètement afin de les aider si nécessaire. Heureusement pour eux, j'ai pu leur venir en aide sur l'îlot Lincoln.

J'ignore où ils se rendent maintenant : peut-être ont-ils retrouvé la piste des parents Brumm et de Valentine. Dans tous les cas, je vous recommande la plus grande prudence avec cette dernière !

J'espère que vous pourrez me pardonner tous les tourments que je vous ai causés.
Grosse bise,

Claude Dagobert

Rapport de mission n° 0021

Objet : Bientôt réunis ?

De : Benjamin Brumm (agent n° 0054)

À : Amanda Asinov (agent n° 0027), officier de référence

Rapport tapé à : à bord du Fernand-Léger

Date : 19 août

Confidentialité : maximale

Chère Amanda,

C'est sur la passerelle du « Fernand-Léger » que je vous écris ce rapport, sans doute le dernier que je vous adresse, puisque je vais bientôt vous retrouver enfin.

L'autocar est plus rapide que cet engin volant, soumis aux fantaisies des vents contraires, mais j'ai préféré ce véhicule que personne ne pourra suivre ni arrêter : je crains que la ligne Nordburg-Peskio soit surveillée par l'OBSCUR, je vais vous expliquer pourquoi.

Rapport de mission N°000021

L'analyse du « carnet des réponses » donné par le professeur Dagobert nous a été difficile, mais un élément a attiré mon attention : la mention de l'autocar « Nordburg-Peskio » de 21 h le 26 juillet.

J'ai d'abord pensé que Claude Dagobert nous avait repérés à notre arrivée, puisque c'est de cet autocar que nous sommes descendus la nuit de notre retour à Nordburg. Mais dans ce cas, il aurait été écrit « Peskio-Nordburg ». Une autre hypothèse s'est fait jour dans mon esprit…

« Brumm + Sur-Pluche ont pris l'autocar Nordburg-Peskio – 21 h le 26 juillet » ne parlait pas d'Irving et moi, mais d'autres personnes concernées par toute cette histoire. « Brumm + Sur-Pluche », ce sont mes parents et Valentine !

Ils étaient menacés, et avaient toutes les raisons de fuir la ville. Et ils connaissaient l'adresse de vos parents dans la montagne, refuge supposé sûr où ils pensaient nous retrouver.

Ils n'ont pas été enlevés : ils ont tenté de nous rejoindre.

Mais alors, pourquoi n'avez-vous pas mentionné leur arrivée ? Sont-ils parvenus jusque chez vous ?

Vouliez-vous les protéger en maintenant le secret ?
J'ai décidé de relire tous vos messages, avec Irving, dans l'espoir d'y trouver des indices. Je précise « avec Irving » car je relis souvent vos lettres, lorsque j'ai du mal à m'endormir, quand je suis triste ou bien juste pour le plaisir. Mais je me suis dit qu'Irving y verrait peut-être quelque chose que je n'avais pas décelé.
Et j'avais raison. Irving n'a rien lu de nouveau, mais il a senti, avec sa truffe si sensible, quelque chose que je n'avais pas identifié. La plupart des messages que vous nous avez envoyés diffusent un léger parfum. Quand Irving me l'a fait remarquer, cette odeur m'a aussitôt, euh, sauté au nez. Car je la connais bien. Et ce n'est pas chez vous que je l'ai sentie (vous ne mettez pas de parfum, je crois, et d'ailleurs vous n'en avez pas besoin car vous sentez très bon).
C'est de l'Opopanax, le parfum favori de ma mère. Irving a retrouvé le moment où il l'avait déjà croisé : en descendant de l'autocar, à notre arrivée. Moi aussi j'avais alors senti une odeur familière, que j'associais à la ville de mon enfance.

Sûrement pas une coïncidence… C' était le parfum de ma mère, qui faisait partie des passagers montés dans le car que nous venions de quitter ! Et si son odeur est présente sur le papier de vos messages, c'est qu'elle est avec vous ! Vous avez trouvé ce moyen pour me le faire deviner sans qu'une personne qui lirait vos messages ne l'apprenne. Mais pourquoi ces précautions ? L'agent 0081 et moi-même sommes les seuls à lire vos courriers. Craignez-vous que quelqu'un de notre entourage nous espionne ?
Je le saurai bientôt, sauf si des vents contraires retardent notre vaisseau des airs.
J'attends de passer au-dessus d'un relais du lapin Bonny pour larguer ce message dans un de ses filets à courrier aérien. Il vous arrivera sans doute avant nous.

À demain, ~~mon am~~ chère Amanda

Agent 0054

Rapport de mission n° 0022

Objet : Sauvé par le gruyère

De : Benjamin Brumm (agent n° 0054)

À : Amanda Asinov (agent n° 0027), officier de référence

Rapport tapé à : la ferme du Peskio

Date : 20 août

Confidentialité : peu importe

Les dernières heures ont été si bouleversées et bouleversantes que j'ai besoin de noter ici tous les évènements qui se sont succédé depuis notre atterrissage, afin de m'en souvenir avec précision.

Je reviens donc au moment où le Fernand-Léger est parvenu à sa destination : la ferme de Pluches du Peskio, là où je pensais vous retrouver enfin, et où j'espérais découvrir mes parents, sains et saufs. Le soleil venait de se coucher lorsque nous sommes arrivés en vue de la montagne où se niche votre domaine, au bord du petit lac. La pénombre s'étendait déjà sur le plateau où quelques poneys-Pluches broutaient tranquillement dans la prairie.
Il nous fallait trouver un emplacement assez plat, dégagé et vaste pour poser sans danger notre dirigeable. Tandis que je réduisais doucement l'altitude en relâchant du gaz, l'agent 0081 manœuvrait adroitement pour rapprocher l'engin du sol. Nous avons frôlé la cime des arbres qui bordent le pré, et avons finalement touché terre avec une vive secousse, dans un champ un peu trop caillouteux à mon goût. Le

dessous de la nacelle a émis un craquement inquiétant, mais il était trop tard pour trouver un nouveau terrain. Je suis descendu par l'échelle de corde afin de fixer les amarres aux arbustes environnants.

Nous étions à une dizaine de minutes de marche du Peskio, et nous sommes aussitôt partis dans sa direction, sans même prendre le temps d'avaler quelque chose, alors que c'était l'heure du dîner. Je pouvais entendre les couinements de l'estomac d'Irving. Enfin, je pensais qu'il s'agissait des couinements de son estomac…

La ferme était calme. Derrière ses volets fermés, la salle à manger était éclairée, j'en ai conclu que vous deviez tous être attablés pour le repas. J'ai frappé. Mais personne n'est venu ouvrir…
Irving a poussé la porte : elle n'était pas verrouillée.
N'entendant aucun bruit dans la maison, nous avons instinctivement commencé à parler à voix basse.
– C'est bizarre, a dit Irving. Je sens pourtant bien une odeur de gratin… ils ne doivent pas être loin.

– Ils se sont peut-être cachés pour nous faire une farce, ai-je supposé.
J'espérais encore que ce silence n'était pas inquiétant, mais quelque chose ne tournait pas rond.
La salle à manger était vide elle aussi. Mais pas depuis longtemps.
Sur la table étaient posées trois assiettes : une petite, une moyenne et une grande. Toutes trois étaient remplies de pâtes au gratin fumantes. Irving s'est précipité vers la grande assiette, a avalé une bouchée et a fait une grimace :
– Ce gratin au gruyère ne me plait pas du tout !
Et, sans ajouter un mot, il est sorti de la pièce. De mon côté, j'ai goûté le gratin de la petite assiette – trop froid – puis celui de la moyenne assiette, qui était délicieux, et je me suis dit qu'Irving était bien difficile, pour une fois…
J'ai appelé :
– Irving ! Reviens !

Une cavalcade a répondu à mon appel, mais ce n'est pas Irving qui est arrivé. Une horde d'animaux a fait irruption dans la pièce, par les trois issues à la fois. Aboyante, glapissante, couinante et grogneuse, cette armée de Pluches sauvages a foncé vers moi comme un torrent de lave poilue jaillie d'un volcan.

J'étais trop surpris pour observer avec soin les bestioles qui m'encerclaient, mais de toute évidence ce n'étaient pas des Pluches du commerce comme les Bontoutous. Je me souviens avoir aperçu des fouines, des castors aux dents aiguisées, une paire de lynx aussi beaux qu'effrayants, et même trois énormes blaireaux au regard féroce, entre lesquels grouillait une multitude de bestioles plus petites, belettes, canards ou rats d'égout.

D'instinct, j'ai sauté sur la table. Il me fallait trouver une idée afin d'échapper à mes agresseurs… J'ai bondi pour attraper le lustre suspendu au-dessus de ma tête. En me balançant à ce luminaire, j'avais une chance de me propulser par-dessus la masse velue et couinante qui tentait de me mordiller les pieds…

Hélas, le lustre était mal fixé, et je suis retombé lourdement dans le plat, projetant du gratin tout autour de moi. Cette manœuvre involontaire m'a permis de gagner du temps : car la nuée de bestioles a momentanément délaissé ma personne pour se précipiter sur les pâtes au gruyère éparpillées un peu partout dans la salle à manger.
Le lustre était toujours dans mes mains, les câbles arrachés, ce qui avait plongé la pièce dans la pénombre. Je l'ai fait tournoyer autour de moi comme une masse d'arme, espérant ainsi dissuader les attaquants de prendre d'assaut mon refuge.
C'est à ce moment qu'une voix que je n'espérais plus a prononcé ces mots si doux à mes oreilles :
– Attention à ne pas glisser sur les nouilles, Benjamin !

Oui, c'est vous, Amanda, qui veniez d'entrer dans la pièce ! Avec votre aide, tout me semblait possible. Je n'étais plus perdu dans la nuit. J'ai senti mon cœur qui se mettait à pomper du sang avec une vigueur renouvelée pour affronter à vos côtés griffes, dents, poils et surfaces glissantes.

Le ruban encreur de ma machine est bien usé, je dois le remplacer. Je vais m'accorder une pause avant d'écrire les derniers évènements de cette soirée

Rapport de mission n° 0022 (suite)

Objet : Difficile de compter les tartines

De : Benjamin Brumm (agent n° 0054)

À : Amanda Asinov (agent n° 0027), officier de référence

Rapport tapé à : la ferme du Peskio

Date : 20 août

Confidentialité : peu importe

Voilà !
J'ai bu un verre de jus de carotte et grignoté quelques biscuits au sésame, et j'ai mis un ruban encreur neuf sur la machine à écrire. Je peux me lancer dans le récit de nos retrouvailles, Amanda.

J'étais toujours debout sur la table, les pieds dans le plat à gratin, menaçant les Pluches sauvages qui m'assiégeaient avec le lustre arraché au plafond, quand vous êtes entrée dans la pièce. Mais j'ai vite compris que vous n'étiez pas en mesure de me sauver, car vos bras étaient ligotés avec une épaisse corde. Le bout de cette corde était tenu par une créature que je connaissais bien : Valentine, mon amie ratonne laveuse ! Je crois vous avoir crié à toutes les deux quelque chose comme « Valentine ! Défais ses liens, on doit filer d'ici ». Mais Valentine, au lieu de se précipiter pour vous aider, m'a répondu avec un sourire qui a brisé mes illusions comme un coup de pelle briserait une motte de terre :
– Tu n'as pas très bien compris, Benjamin. Amanda est ma prisonnière. Et je te conseille de

sortir de ce gratin et de te rendre si tu ne veux pas qu'il lui arrive quelque chose…

Valentine, ma chère Valentine, la plus maline des Sur-Pluches, était donc du côté de nos ennemis ! Si l'OBSCUR devait exister, c'est elle qui en serait le cerveau ! J'avais l'impression d'être englué dans un marécage de désespoir. Et je m'enfonçai encore plus profondément dans ces sables mouvants en l'entendant ricaner :
– Eh oui, mon pauvre ami ! C'est moi qui ai tout manigancé, avec l'aide de ces deux abrutis de Grim et Phinéas…
Amanda lui a coupé la parole :
– J'ai essayé de te prévenir, Benjamin… mes messages étaient…
– Ses messages étaient relus avant qu'elle les envoie. Je l'ai autorisée à communiquer pour ne pas éveiller ta méfiance ! Il fallait que j'aie le temps de créer ici une véritable armée de Pluches sauvages, qui vont m'aider pour mon grand projet…
Galvanisés par ce discours, rats, fouines, castors, canards et musaraignes ont un instant cessé de

dévorer le gratin de pâtes, et ont poussé à l'unisson de terribles grognements (ou couinements, ou Coin ! Coin ! selon les espèces).

– Rends-toi et tu pourras assister à notre triomphe. Tu auras la vie sauve car nous avons besoin de serviteurs... il est temps que les humains apprennent l'humilité.

Je tenais toujours mon lustre, et j'ai essayé de deviner quelles étaient mes chances de m'en sortir si je me lançais dans un combat contre ces créatures. Amanda, vous étiez vous aussi cernée par les Pluches, et d'un geste, Valentine leur avait ordonné de vous éloigner de moi. Vous avez tout de même réussi à me crier :

– Benjamin ! Utilise notre méthode de combat !

J'ai tenté en vain de me souvenir de l'« outil d'aide à la décision en cas de bagarre » que nous avons mis au point ensemble. Mais j'avais du mal à me concentrer, face à une troupe de Pluches sauvages et surexcités, gavés de gratin, qui menaçait de donner l'assaut sur la table de la salle à manger.

J'ai juste réussi à me souvenir de ça (je refais le dessin comme je peux mais dans ma tête c'était encore moins clair).

Les ennemis sont-ils plus NOMBREUX que les agents du SMACK?
Les ennemis sont-ils plus FORTS que les agents du SMACK?
OUI
NON
NON
certains oui
?
Des ennemis sont-ils ARMÉS?
hélas oui
et alors?
peut-être
plus de 10
non mais ils sont MÉCHANTS
Irving fait-il partie des agents?
STOP
combien de tartines?
Irving fait la sieste
PAF!
OUI
NON
a-t-il mangé récemment?
!
entre 3 et 9
2 ou moins
EUH?
Ce n'était pas une question. Je l'entends ronfler.
PAF!
QUOI? 9 ennemis?
Non, 9 tartines.
impossible!
NON
J'ai la migraine
Il y a des frites?
c'est sans doute un horrible malentendu
défaite garantie
VLAN!
chance de succès : ridicule
chance de gagner : 83%
OUF!
AïE!
FUIR
proposer un goûter
SE BATTRE
dire « c'est un horrible malentendu »

Je devais me rendre à l'évidence : même si certains de mes adversaires étaient juste des petites bestioles, je ne ferais pas le poids contre tous ces Pluches réunis. Les blaireaux à eux seuls paraissaient capables de me flanquer une raclée. Et Amanda, vous étiez aussi débordée. Notre unique chance, c'était de les surprendre. J'allais sauter de la table, en me taillant un passage à coups de lustre, et fuir avec vous par la porte du couloir. Si nous courions assez vite, nous pouvions rejoindre le Fernand-Léger – j'espérais qu'Irving avait eu la même idée et nous attendait à bord.

J'ai donc fait tournoyer le lustre avec encore plus de vigueur, et j'ai bondi entre les deux blaireaux, qui se sont écartés, surpris par cette action soudaine.
Et à ce moment, est entrée dans la pièce la plus énorme, la plus féroce, la plus terrifiante créature que j'aie jamais vue.

Deux yeux rouges comme des braises perçant la pénombre de la pièce (je vous rappelle que la seule source de lumière était débranchée et que je faisais des moulinets avec) ; des crocs aiguisés ; des pattes griffues et musclées, couvertes de poils. Le champion des Sur-Pluches, le titan des bêtes sauvages… Poussant un cri d'épouvante, j'ai lâché mon lustre. Toute résistance était inutile face à un tel monstre !

Profitant de ma surprise, les blaireaux et une musaraigne m'ont sauté dessus. J'ai senti leurs griffes me saisir. J'allais tomber aux mains (enfin, aux pattes) de mes ennemis.

La créature qui me faisait face s'est mise à rugir :

– Touchez pas à mon copain !

Cette voix m'était familière… j'ai alors reconnu l'agent 0081, mon ami Irving !

Tout en repoussant les blaireaux à coups de pattes, il a expliqué :
– Je me suis douté que quelque chose allait de travers quand j'ai senti ce gratin. La maman d'Amanda n'aurait jamais mis de gruyère dans les pâtes…

Rapport de mission n° 0022 (fin)

Objet : Difficile de compter les tartines

De : Benjamin Brumm (agent n° 0054)

À : Amanda Asinov (agent n° 0027), officier de référence

Rapport tapé à : la ferme du Peskio

Date : 20 août

Confidentialité : peu importe

Très vite, l'ambiance a changé dans la salle à manger. L'irruption d'Irving, féroce comme jamais, a terrifié nos ennemis. Blaireaux, belettes, lièvre, canards et autres castors se sont tous précipités vers la sortie. Seule une minuscule musaraigne, terriblement hargneuse, est restée accrochée à mon pull-over.
Valentine aussi a quitté la pièce. Mais la Sur-Pluche ne fuyait pas seule : elle vous emportait en otage, Amanda, malgré vos protestations :
– Bas les pattes, sale rongeuse !
Valentine a répondu :
– Je ne suis pas une rongeuse ! Et tu vas nous suivre, sinon Max et Maurice les blaireaux te montreront pourquoi les humains nous ont classés dans la famille des « carnivores » !

Amanda !
Nous nous sommes précipités dehors, où les Pluches, Valentine en tête, vous emportaient vers les prés. Nous nous sommes lancés à votre poursuite, mais ces bestioles étaient plus rapides que nous, surtout que j'avais encore les semelles couvertes de nouilles écrasées et que j'ai glissé deux fois.

L'objectif de Valentine était le Fernand-Léger ! Notre dirigeable, seul moyen de fuir, alors que son piège se transformait en débandade, grâce à la férocité inattendue d'Irving.

La troupe des Pluches sauvages ne tarda pas à atteindre le vaisseau volant, et à monter à bord par l'échelle, en vous emmenant avec elle.

Mais je savais que leur plan était voué à l'échec, et je vous ai crié :

– Amanda, tenez bon ! Avec tous ces passagers, le Fernand-Léger sera trop lourd pour s'envoler !

Hélas, le temps que nous rattrapions nos ennemis, je les vis avec horreur jeter par-dessus bord tous les meubles qui faisaient de cet appareil un engin unique et raffiné : le canapé en velours prune, les deux guéridons couverts de nacre, le lampadaire à abat-jour de dentelle… À chaque objet qui tombait à terre, le dirigeable faisait un petit mouvement vers le haut. La nacelle flottait déjà à deux mètres au-dessus du sol quand nous l'avons rattrapée.

Vous étiez entourée d'une troupe hostile de bestioles agressives. Valentine, penchée au-dessus de la balustrade, m'a lancé un ricanement de défi :

– Trop tard, bipède ! On s'envole avec ta caporale d'opérette ! Mais on se reverra, sois-en certain !

J'ai crié :

– Irving, soulève-moi !

L'agent 0081 m'a hissé au-dessus de sa tête. Même porté par mon ami, j'étais trop bas pour saisir le dirigeable qui montait, centimètre par centimètre.

– Lance-moi !

J'ai senti les pattes puissantes de l'ours me propulser dans les airs, assez haut pour atteindre la nacelle du dirigeable. J'ai réussi à attraper sa balustrade. Encore un effort et je serais à bord... Mais, hélas, un effort impossible pour mes bras peu musclés.

Tout espoir n'était pas perdu : lesté de mes 27 kilos supplémentaires, le Fernand-Léger a commencé à redescendre... Il allait tôt ou tard toucher le sol, et Irving pourrait alors venir à mon secours, et flanquer une raclée à nos ennemis.

Valentine, qui avait elle aussi compris ce qui allait arriver, a aussitôt ordonné :

– Max et Maurice ! Larguez du lest, encore !

– Mais il n'y a plus de meubles ! ont répondu les blaireaux.

– Larguez les canards !

Les volatiles installés à bord se sont aussitôt envolés. Le ballon s'est stabilisé : parfaitement équilibré, le Fernand-Léger était suspendu entre ciel et terre...

Il fallait faire quelque chose... Mais le dirigeable était hors de portée de l'agent 0081. Et moi, je commençais à fatiguer… Valentine et ses créatures, penchées au-dessus de la rambarde, essayaient de me faire lâcher prise. Leurs petites pattes griffues secouaient mes poignets… J'allais bientôt céder !

C'est à ce moment que vous, agente 0027, avez profité de l'inattention des gardes pour foncer vers la balustrade, et tout en criant : « Irving ! Rattrape-moi ! » vous avez sauté par-dessus, d'un mouvement aussi hardi que gracieux.

J'ai senti votre T-shirt frôler mon visage, doux comme un souffle de vent tiède au cœur d'une nuit de décembre. Puis j'ai entendu « Plof » et « Ouille » sous mes pieds : la voix était celle d'Irving, j'en ai déduit qu'il avait amorti votre chute et que vous étiez saine et sauve. Mon cœur a bondi de joie !

Il n'était pas le seul, hélas !

Par ce geste audacieux, vous aviez rompu l'équilibre du Fernand-Léger. Délesté de votre poids, le dirigeable s'est remis à monter dans les airs, de plus en plus vite.

J'étais toujours accroché à la rambarde, et j'ai vu le sol s'éloigner sous mes pieds…

– Benjamin ! Saute, vite ! avez-vous supplié.

– Je vais t'attraper ! a ajouté Irving.

Bientôt, il serait impossible de tomber sans risquer de me casser une jambe, ou pire.

Votre courage m'a inspiré, et j'ai lâché prise. À temps, car plusieurs mètres me séparaient déjà du sol.

La chute m'a semblé interminable, mais l'arrivée trop brève. Je crois que mon crâne a heurté celui d'Irving, mais ses bras solides m'ont tout de même recueilli. Nous sommes tombés à la renverse et avons roulé dans l'herbe, avant que je m'évanouisse, emporté par ces chocs et ces émotions. Ma dernière vision était celle de vos cheveux frisés au-dessus de mon visage, tandis que, dans le ciel, le ballon prenait vivement de l'altitude.

Épilogue

Objet : Nouveaux objectifs

De : Benjamin Brumm (agent n° 0054)

À : Amanda Asinov (agent n° 0027),
et Irving (agent n° 0087)

Rapport tapé à : la ferme du Peskio

Date : 22 août

Confidentialité : maximale

Chers agents du SMACK

Hier soir, j'ai vu une étoile filante dans le ciel du Peskio. C'était sûrement un bon présage : je suis sûr que nous finirons par triompher de nos ennemis. Mais il nous faut un plan.
Je profite d'être encore au repos pour mettre par écrit ces objectifs plutôt que de vous les raconter en partageant une tartine de fromage de chèvre, car c'est important de les noter noir sur blanc.

Le principal est de vous avoir retrouvée, ainsi que nos parents ! Je me souviendrai toujours de ce qu'a dit ma mère quand j'ai ouvert le verrou de la Grange aux Pluches où Valentine les avait enfermés.
– Tiens, Benjamin ! Où étais-tu passé ? On s'est bien amusés, tu as raté quelque chose !

J'étais si heureux de les revoir que je n'ai pas tout compris de ce qu'ils me racontaient. Mais j'ai fini par comprendre que Valentine les a enfermés là et les a convaincus de l'aider à utiliser les incubateurs à Pluches pour créer de nouveaux Surpluches avec les animaux sauvages du coin.

Mes parents, inconscients du danger, avaient en tout cas l'air très heureux de cette expérience ! Et on n'en saura pas plus sur les plans de Valentine pour le moment…

Son départ pour une destination inconnue avec ses sbires, les Pluches sauvages, est une déception, et le vol du Fernand-Léger est bien embêtant pour nos amis du Théâtre Tortinelli. Mais notre mission est tout de même un succès. Nous avons pu libérer Susan et Isaac, les parents d'Amanda, et retrouver mes parents sains et saufs ! Ils nous ont raconté comment, manipulés par Valentine, ils avaient rejoint le Peskio. Apparemment, depuis le début, c'était l'objectif de ce Pluche diabolique : utiliser la ferme des Asinov afin de fabriquer de nouveaux Pluches sauvages, à partir des animaux des environs. Le pire est que, au début, elle a convaincu mes parents et ceux d'Amanda de l'aider dans ce projet insensé !
Elle était en train de se constituer son armée – heureusement que la plupart des animaux de la région sont inoffensifs ! Mais que serait-il arrivé si elle avait réussi à enlever Irving ? L'aurait-elle

utilisé comme modèle pour créer d'autres redoutables Pluches-ours ?
Amanda, vous aviez tenté de me prévenir de ce qui arrivait, mais mon incapacité à comprendre votre subtil code nous a privés de vos précieuses indications. Ce n'est qu'en relisant vos messages avec attention, hier matin, que j'ai compris leur véritable signification ! Votre code était habile, et je crois que je vais moi aussi l'employer.

L'urgence maintenant est de retrouver Valentine et ses alliés, avant qu'ils commettent de nouveaux méfaits. J'ignore comment ils se baptisent entre eux, mais nous pouvons continuer à les nommer OBSCUR !
Il nous faut aussi écrire à madame Florimont afin de nous excuser pour le vol de leur dirigeable, et par vol, je veux dire qu'il a été volé, pas juste qu'il s'est élevé dans les cieux, ce qui est normal pour un ballon. J'espère que nous pourrons tout de même assister à la première de « La Reine des nuées » !
Tout cela va être compliqué par le terrible évènement qui s'annonce : la rentrée scolaire ! Nous sommes bientôt attendus à la pension du Cap

Locke, et je me demande bien comment nous pourrons mener à bien nos enquêtes là-bas, entre les cours de grammaire d'Hubert Biscorno et les séances d'exercice physique des frères Mérule. Sans compter que les ours ne sont pas admis à l'internat…

Je résume donc nos nouvelles missions :
objectif 1 : retrouver Valentine et ses créatures de l'OBSCUR avant qu'elles ne commettent de nouveaux méfaits.
objectif 2 : rendre le dirigeable « Fernand-Léger » à Eleonora Florimont et ses amis.
objectif 3 : aller à la première de « La Reine des nuées ».

Irving, je suis certain que tu seras un allié précieux pour cette nouvelle mission, d'autant plus que j'ai réalisé depuis hier que tu es sans aucun doute le plus puissant et le plus terrifiant de tous les Sur-Pluches (mais, je le sais, tu es gentil, et tu le resteras. Enfin, j'espère…)

Agent 0054.

Annexe finale :
Le code SMACK

Amanda, hourra ! Je crois que
je viens de comprendre ton code. Je
suis épaté. C’est un truc de
fou, il faut commencer par le premier
de tous les mots de chaque ligne. Bravo à
toi d’avoir eu une telle idée !

Benjamin Brumm.

Les agents du SMACK parviendront-ils à remplir tous ces objectifs ?

Quels sont les plans de la rusée Valentine et de l'OBSCUR ?

L'opérette du Grand Théâtre Tortinelli sera-t-elle un succès ?

Vous le saurez en lisant

le prochain épisode des Enquêtes archi-secrètes de Brumm et Irving

Achevé d'imprimer en Italie en juillet 2023
par Grafica Veneta